U0108640

商務普通話

tóu zī jué cè
投資決策

bǎo xiǎn
保險

yè wù
業務

chǔ xù
儲蓄

基礎篇

前言

　　近年來，隨著中國經濟的持續快速發展，香港與內地的貿易交往日益密切。與此同時，普通話在香港正逐步成為重要的商務語言之一。香港人對商業普通話的學習需求也非常迫切。近年來，香港已經出版了很多有關商務普通話的教材，但是這些教材在許多方面都存在著進一步探索與提高的空間。我們幾位香港大學漢語中心的老師受萬里機構出版公司的委託，編寫了這一套商務普通話教材。

　　本套教材共三冊，每冊由十二課組成。

　　每課分八個部分。

　　第一部分：背景與對話。此部分務求為普通話學習者提供一個真實的商務活動場景和一段實用的交際對話，使學習者在真實自然的普通話語境中，熟悉不同專題和場合的相關語彙和表達。

　　第二部分：語音知識和語音練習。此部分系統介紹了《漢語拼音方案》及相關的語音知識和拼讀規則，語音練習由淺入深，循序漸進，便於學習者快速掌握普通話的正確發音。

　　第三部分：容易讀錯的詞和字。此部分強調了粵方言區的人說普通話時，容易讀錯的字和詞。為香港地區的學習者而設計了普通話語音、字和詞的針對性訓練。

　　第四部分：普通話詞彙及知識點。此部分為香港人提供快速、準確兼實用的普通話詞彙及句型。

　　第五部分：小笑話。此部分的目的是提醒一下香港

的學習者，如果他們的普通話發音不標準，就容易發生誤會甚至鬧笑話。

第六部分：關鍵句型朗讀。此部分旨在說明學習者熟悉並模仿與每課話題有關的實用句型，以提高學習者在實際場合中的語言運用能力。

第七部分：回答問題。此部分類比了每課話題所涉及的相關場景，並以問答的形式，方便學習者代入角色、互相練習。

第八部分：延伸閱讀。此部分旨在讓學生瞭解更多與主題相關的背景知識，並且通過閱讀短文來改善自己的普通話詞彙。

經過了一年多的努力，我們深入香港社會，考察並記錄了在香港各個商務環境中所需要的普通話語料，編寫出這本針對香港方言地區所需要的教材。《商務普通話》不但糾正了香港人在普通話發音、詞彙、語法等方面容易犯的錯誤，更快速、有效地為學習者提供完成交際任務的有效句型和對話。讓繁忙的香港打工族在「時間就是金錢」的社會中順利地達到交際目的，完成公司委派的任務。

最後，我們要感謝香港大學中文學院的余庭鋒先生為本書提供了不少粵語方面的意見，並且協助後期錄音工作。

《商務普通話》編寫組
於香港大學百周年校園逸夫教學樓

目錄

掃描此二維碼，可下載全書錄音文檔。

第一課

求職面試

求職面試

≫ 背景 ≪

招商銀行總部位於中國深圳，成立於 1987 年，是中國境內第一家完全由企業法人持股的股份制商業銀行。現在，招商銀行香港分行正在招聘客戶服務主任，李媛馨小姐今天前來面試。

≫ 對話 ≪

01-00.mp3

張經理：
nǐ hǎo　　lǐ xiǎo jie　　wǒ shì zhāo shāng yín háng rén shì
你 好！李 小 姐。我 是 招 商 銀 行 人 事
bù de zhāng dé chéng
部 的 張 德 成 。

李小姐：
nín hǎo　　zhāng jīng lǐ
您 好！張 經 理。

張經理：
wǒ men kàn le nǐ de jiǎn lì　　qǐng nǐ xiān jiè shào yí
我 們 看 了 你 的 簡 歷，請 你 先 介 紹 一
xià nǐ de gōng zuò jīng lì　　hǎo ma
下 你 的 工 作 經 歷，好 嗎？

李小姐：
wǒ jiào lǐ yuán xīn　　shì　　nián dà xué bì yè de
我 叫 李 媛 馨，是 2012 年 大 學 畢 業 的，
zhǔ xiū jīn róng　　fù xiū kuài jì　　bì yè yǐ hòu　　wǒ
主 修 金 融，副 修 會 計。畢 業 以 後，我
zài héng shēng yín háng gōng zuò le sì nián zhǔ yào fù zé
在 恒 生 銀 行 工 作 了 四 年，主 要 負 責
fēn háng de kè hù fú wù gōng zuò　　zài zhè qī jiān　　wǒ
分 行 的 客 戶 服 務 工 作。在 這 期 間，我
yì zhí lì yòng yè yú shí jiān xué xí　　jīn nián　　yuè
一 直 利 用 業 餘 時 間 學 習，今 年 9 月，

dé dào le gōng shāng guǎn lǐ shuò shì xué wèi
得 到 了 工 商 管 理 碩 士 學 位 。

nǐ xǐ huan mù qián de gōng zuò ma
張經理：你 喜 歡 目 前 的 工 作 嗎 ？

dāng rán xǐ huan
李小姐：當 然 喜 歡 。

jì rán nǐ xǐ huan xiàn zài de gōng zuò wèi shén me hái
張經理：既 然 你 喜 歡 現 在 的 工 作 ，為 什 麼 還

xiǎng lái wǒ men yín háng ne
想 來 我 們 銀 行 呢 ？

héng shēng yín háng zài xiāng gǎng jù yǒu yí dìng de zhī
李小姐：恒 生 銀 行 在 香 港 具 有 一 定 的 知

míng dù dàn bì jìng shì běn dì yín háng hé zhāo
名 度 ，但 畢 竟 是 本 地 銀 行 ，和 招

shāng yín háng zhè zhǒng kuà guó yín háng gēn běn bù néng
商 銀 行 這 種 跨 國 銀 行 根 本 不 能

bǐ ér qiě guó nèi jīng jì xiàn zài zhèng zài gāo sù
比 。而 且 ，國 內 經 濟 現 在 正 在 高 速

fā zhǎn yín háng yè zài zhōng guó yě huì yǒu gèng dà
發 展 ，銀 行 業 在 中 國 也 會 有 更 大

de fā zhǎn kōng jiān yīn cǐ wǒ xiǎng shì shì zài zhōng
的 發 展 空 間 。因 此 ，我 想 試 試 在 中

guó de yín háng gōng zuò kàn kàn wèi lái yǒu méi yǒu jī
國 的 銀 行 工 作 ，看 看 未 來 有 沒 有 機

huì dào nèi dì qù fā zhǎn wǒ de shì yè
會 到 內 地 去 發 展 我 的 事 業 。

wǒ tóng yì nǐ de guān diǎn
張經理：我 同 意 你 的 觀 點 。

求職面試

一、語音知識：漢語拼音方案（一）

《漢語拼音方案》是 1958 年由全國人民代表大會批准公佈的法定拼音方案。1982 年國際標準組織規定這個方案為拼寫漢語的國際標準。

《漢語拼音方案》包括：字母表、聲母表、韻母表、聲調符號、隔音符號五個部分。本課先介紹前兩個表：

（一）字母表

字母	名稱	字母	名稱	字母	名稱	字母	名稱
Aa	ㄚ	Hh	ㄏㄚ	Oo	ㄛ	Uu	ㄨ
Bb	ㄅㄝ	Ii	ㄧ	Pp	ㄆㄝ	Vv	萬ㄝ
Cc	ㄘㄝ	Jj	ㄐㄧㄝ	Qq	ㄑㄧㄡ	Ww	ㄨㄚ
Dd	ㄉㄝ	Kk	ㄎㄝ	Rr	ㄚㄦ	Xx	ㄒㄧ
Ee	ㄜ	Ll	ㄝㄌ	Ss	ㄝㄙ	Yy	ㄧㄚ
Ff	ㄝㄈ	Mm	ㄝㄇ	Tt	ㄊㄝ	Zz	ㄗㄝ
Gg	ㄍㄝ	Nn	ㄋㄝ				

V 只用來拼寫外來語、少數民族語言和方言。字母的手寫體依照拉丁字母的一般書寫習慣。

（二）聲母表

b	p	m	f	d	t	n	l
ㄅ玻	ㄆ坡	ㄇ摸	ㄈ佛	ㄉ得	ㄊ特	ㄋ訥	ㄌ勒
g	k	h	j	q	x		
ㄍ哥	ㄎ科	ㄏ喝	ㄐ基	ㄑ欺	ㄒ希		
zh	ch	sh	r	z	c	s	
ㄓ知	ㄔ蚩	ㄕ詩	ㄖ日	ㄗ資	ㄘ雌	ㄙ思	

在給漢字注音的時候，為了使拼式簡短，zh，ch，sh 可以省作 ẑ，ĉ，ŝ。

二、語音練習　🎧 01-02.mp3

1. 請聽錄音，然後寫出聲母。

管理 ＿＿＿ ＿＿＿　　會計 ＿＿＿ ＿＿＿

經歷 ＿＿＿ ＿＿＿　　薪資 ＿＿＿ ＿＿＿

招聘 ＿＿＿ ＿＿＿　　跨國 ＿＿＿ ＿＿＿

面試 ＿＿＿ ＿＿＿　　金融 ＿＿＿ ＿＿＿

機會 ＿＿＿ ＿＿＿　　人事 ＿＿＿ ＿＿＿

2. 請聽錄音，然後選出正確的聲母。

重（z/zh）　　視（s/sh）

解（g/j）　　決（k/j）

離（l/r）　　職（j/zh）

規（g/k）　　劃（w/h）

消（q/x）　　遣（k/q）

出（ch/c）　　差（ch/c）

加（k/j）　　班（b/p）

發（h/f）　　展（z/zh）

欠（q/h）　　缺（k/q）

投（t/d）　　訴（sh/s）

三、容易讀錯的詞和字　01-03.mp3

huáng xiān sheng 黃 先 生	——	wáng xiān sheng 王 先 生
huāng wú 荒 蕪	——	fāng fǎ 方 法
rán hòu 然 後	——	yán yǔ 言 語
lǐ ràng 禮 讓	——	bǎng yàng 榜 樣
sōng shù 松 樹	——	cǎo cóng 草 叢
yín háng 銀 行	——	yín hé 銀 河

qǐ yè 企業	—	qǐ yì 起義
zhī míng dù 知名度	—	rén xíng dào 人行道
kuà guò 跨過	—	kuà guó 跨國
kōng jiān 空間	—	xiōng jīn 胸襟

四、普通話詞彙及知識點

1. 廣東話的「鍾意」，普通話應説成「喜歡」。
   例如：（廣東話）你平時鍾意做乜嘢？
   　　　（普通話）你平時喜歡做什麼？

2. 廣東話的「咁」，普通話應説成「這麼」。
   例如：（廣東話）你尼排咁忙既。
   　　　（普通話）你最近這麼忙。

3. 廣東話的「出糧」，普通話應説成「發工資」。
   例如：（廣東話）我地幾時出糧？
   　　　（普通話）我們什麼時候發工資？

4. 廣東話的「搵食」，普通話應説成「謀生」。
   例如：（廣東話）你依家喺邊度搵食？
   　　　（普通話）你現在在哪裡謀生？

5. 廣東話的「搏命」、「差池」和「炒魷魚」，普通話應說成「拼命」、「差錯」和「解僱」。

  例如：（廣東話）搏命 D 做嘢，有 D 咩差池，老細炒你魷魚。

  （普通話）工作得拼命點兒，如果有什麼差錯，老闆會把你給解僱的。

五、小笑話 01-05.mp3

學生：老師，你「動」，我開「槍」。

老師：什麼？我「凍」，你開「窗」嗎？

學生：「係」。

老師：應該唸「是」。你應該說：老師，如果您覺得冷，我把窗戶打開。

學生：如果您覺得冷，我把窗戶打開。

老師：這就對了。

六、請聽錄音，然後朗讀下列句子。 01-06.mp3

1. wǒ de yōu diǎn shì gōng zuò jì rèn zhēn yòu nǔ lì
   我 的 優 點 是 工 作 既 認 真 又 努 力。

2. nǐ men gōng sī zhèng quē shǎo xiàng wǒ zhè yàng de rén cái
   你 們 公 司 正 缺 少 像 我 這 樣 的 人 才。

3. wǒ xǐ huan zhè fèn gōng zuò
   我 喜 歡 這 份 工 作。

4. wǒ xiǎng jiē shòu xīn tiǎo zhàn
   我 想 接 受 新 挑 戰。

wǒ hái méi yǒu chéng jiā
5. 我 還 沒 有 成 家 。

wǒ yí ge yuè hòu jiù kě yǐ dào zhí
6. 我 一 個 月 後 就 可 以 到 職 。

tuán duì jīng shen shì shí fēn zhòng yào de
7. 團 隊 精 神 是 十 分 重 要 的 。

wǒ huì cóng shī bài zhōng jí qǔ jiào xun
8. 我 會 從 失 敗 中 汲 取 教 訓 。

wǒ yuàn yì chū chāi
9. 我 願 意 出 差 。

wǒ hěn róng yì shì yìng xīn huán jìng
10. 我 很 容 易 適 應 新 環 境 。

七、請回答下列問題。

1. 你覺得你個性上最大的優點是什麼？

2. 在五年時間內，你的職業規劃是什麼？

3. 如果你工作了一段時間以後，覺得這個職位不太適合，你會怎麼辦？

4. 你能為我們公司帶來什麼呢？

5. 你喜歡這份工作的哪一點？

6. 你對工作有什麼期望？你的目標是什麼？

7. 你願意被外派工作嗎？你願意經常出差嗎？

8. 你努力幫客戶解決問題卻被投訴，你會怎麼辦？

9. 你工作經驗欠缺，如何能勝任這項工作？

10. 對於這個職位，你認為你還欠缺什麼？

八、延伸閱讀

面試小貼示

　　倫敦金融城職業諮詢服務公司 Career Balance 的董事總經理西蒙‧布魯姆（Simon Broomer）曾表示：在當今的就業市場上，如果所有應聘者都面試完要花幾天時間，那麼你就應該設法儘早接受面試。如果一個企業在互聯網上張貼招聘廣告，並採用網上申請模式，往往一個職位就會收到數百封求職申請。他還聽說過這樣的例子：一些企業決定不再過早面試或查看新收到的申請，因為他們已經積累了大批候選者，可以從中挑選。

　　面試官們往往會利用頭個面試來說明面試流程，所以他們會安排實力較弱的應聘者頭一個上場來「練練手」。在這個階段，他們作判斷時也會更為慎重，不過，排在最前面的面試者的優勢在於他們比較容易被記住。輪到排在最後的面試者上場時，面試官們已經很累了。但這個時候你的優勢是能夠成為他們最新的記憶，你有機會讓他們忘掉其他面試者。

　　在面試中，你要在多個方面謹慎地表現你自己，包括你的專業性，你適合這個工作，你的能力，你是個什麼樣的人。你要讓他們覺得，他們已經認識（並喜歡上）了你這個人。儘量讓面試官記住你，當然，要以正確的方式。

第二課

準備會議

━━━━━ » 背景 « ━━━━━

香港投資推廣署成立於 2000 年，是香港特別行政區政府屬下
部門，專門負責促進外資前來香港投資。明年，投資推廣署
準備在上海的陸家嘴金融中心舉辦一場投資推廣研討會，鼓
勵內地企業利用香港的有利環境作為平台，開拓海外市場。
陳經理和趙欣婷都是投資推廣署的職員，她們正在商量怎樣
準備這次的會議。

━━━━━ » 對話 « ━━━━━ 02-00.mp3

　　　　　xiǎo zhào　　　nǐ dìng hǎo chǎng dì le méi yǒu
陳經理：小　趙，你　訂　好　場　地　了　沒　有　？

　　　　　ng　　dìng hǎo le　　huì yì zhǔ chí rén yě què dìng le
趙欣婷：嗯，訂　好　了。會　議　主　持　人　也　確　定　了。

　　　　　míng tiān zán men kāi ge huì què dìng yí xià huì yì de jù
陳經理：明　天　咱　們　開　個　會　確　定　一　下　會　議　的　具

　　　　　tǐ yì chéng
　　　　　體　議　程　。

　　　　　hǎo de　　wǒ xià wǔ gěi dà jiā fā ge diàn yóu　　tōng zhī
趙欣婷：好　的。我　下　午　給　大　家　發　個　電　郵，通　知

　　　　　tā men míng tiān kāi huì
　　　　　他　們　明　天　開　會。

　　　　　huì yì tōng zhī wǒ yǐ jing qǐ cǎo hǎo le　　míng tiān kě yǐ
陳經理：會　議　通　知　我　已　經　起　草　好　了，明　天　可　以

給大家看看，如果沒問題就可以發送出去了。

趙欣婷：好的，然後我就會確認與會人數、與會人員的接站時間、住宿、車輛和特殊要求等等。

陳經理：請告訴小張準備報到、簽到和會前發放的文件。

趙欣婷：好的。稍後我還會給您準備會議發言稿以及講話稿PPT。

陳經理：謝謝！這次還是張國強負責場外，李家康負責場內嗎？

趙欣婷：是的。會議的錄音和錄像是由劉先生負責的，而會議記錄就由我來負責。

nà jiù má fan nǐ le
陳經理：那 就 麻 煩 你 了 。

bú kè qi
趙欣婷：不 客 氣 。

一、語音知識：漢語拼音方案（二）

上一課介紹了《漢語拼音方案》中的字母表和聲母表兩部分，
本課繼續介紹韻母表、聲調符號、隔音符號這三個部分：

（三）韻母表

	i ㄧ 衣	u ㄨ 烏	ü ㄩ 迂
a ㄚ 啊	ia ㄧㄚ 呀	ua ㄨㄚ 蛙	
o ㄛ 喔		uo ㄨㄛ 窩	
e ㄜ 鵝	ie ㄧㄝ 耶		üe ㄩㄝ 約
ai ㄞ 哀		uai ㄨㄞ 歪	
ei ㄟ 誒		ui ㄨㄟ 威	
ao ㄠ 熬	iao ㄧㄠ 腰		
ou ㄡ 歐	iu ㄧㄡ 憂		

an ㄢ 安	ian ㄧㄢ 煙	uan ㄨㄢ 彎	üan ㄩㄢ 冤
en ㄣ 恩	in ㄧㄣ 因	un ㄨㄣ 溫	ün ㄩㄣ 暈
ang ㄤ 昂	iang ㄧㄤ 央	uang ㄨㄤ 汪	
eng ㄥ 亨的韻母	ing ㄧㄥ 英		
ong ㄨㄥ 轟的韻母	iong ㄩㄥ 雍		

1. 「知、蚩、詩、日、資、雌、思」等字的韻母用 i，即：知、蚩、詩、日、資、雌、思等字拼作 zhi，chi，shi，ri，zi，ci，si。

2. 韻母ㄦ寫成 er，用做韻尾的時候寫成 r。例如：「兒童」拼作 ertong，「花兒」拼作 huar。

3. 韻母ㄝ單用的時候寫成 ê。

4. i 行的韻母，前面沒有聲母的時候，寫成 yi（衣），ya（呀），ye（耶），yao（腰），you（憂），yan（煙），yin（因），yang（央），ying（英），yong（雍）。

   u 行的韻母，前面沒有聲母的時候，寫成 wu（烏），wa（蛙），wo（窩），wai（歪），wei（威），wan（彎），wen（溫），wang（汪），weng（翁）。

   ü 行的韻母，前面沒有聲母的時候，寫成 yu（迂），yue（約），yuan（冤），yun（暈）；ü 上兩點省略。

ü 行的韻母跟聲母 j，q，x 拼的時候，寫成：ju（居），qu（區），xu（虛），ü 上兩點也省略；但是跟聲母 n，l 拼的時候，仍然寫成 nü（女），lü（呂）。

5. iou，uei，uen 前面加聲母的時候，寫成 iu，ui，un。例如 niu（牛），gui（歸），lun（論）。

6. 在給漢字注音的時候，為了使拼式簡短，ng 可以省作 ŋ。

（四）聲調符號

陰平	陽平	上聲	去聲
-	ˊ	ˇ	ˋ

聲調符號標在音節的主要母音上。輕聲不標。例如：

媽 mā	麻 má	馬 mǎ	罵 mà	嗎 ma
陰平	陽平	上聲	去聲	輕聲

（五）隔音符號

a，o，e 開頭的音節連接在其他音節後面的時候，如果音節的界限發生混淆，用隔音符號（'）隔開，例如：pí'ǎo（皮襖）。

二、語音練習 🎤 02-02.mp3

1. 請聽錄音，然後寫出韻母。

會議 h____ y____　　　日程 r____ ch____

合作 h____ z____　　　協議 x____ y____

記錄 j____ l____　　　前景 q____ j____

推廣 t____ g____　　　市場 sh____ ch____

發言 f____ y____　　　起草 q____ c____

2. 請聽錄音，然後標出聲調。（輕聲不標調號）

創業　　營銷　　增長　　利潤　　推廣

投資　　股東　　利息　　負責　　研討

三、容易讀錯的詞和字 🎤 02-03.mp3

kù zi 褲子	——	fù zǐ 父子
mì mì 秘密	——	bǐ jiào 比較
huān lè 歡樂	——	kuān dà 寬大
fū rén 夫人	——	hū jiào 呼叫
yùn dòng 運動	——	wēn dù 溫度

tóu zī 投<u>資</u>	——	tóu jī 投機
zhǔ chí <u>主</u>持	——	zhù chí 住持
zhǔn bèi 準<u>備</u>	——	zhǔn què 準確
lù yīn <u>錄</u>音	——	lǜ yīn 綠茵
fù zé <u>負</u>責	——	fù zú 富足

四、普通話詞彙及知識點

1. 廣東話的「點行」，普通話應説成「怎麼走」。
   例如：（廣東話）唔該，我想問下會議室點行？
   　　　（普通話）請問會議室怎麼走？

2. 廣東話的「直行」、「轉左」和「轉右」，普通話應説成
   「一直走」、「往左拐」和「往右拐」。
   例如：（廣東話）你直行轉右。
   　　　（普通話）你一直走，然後往右拐。

3. 廣東話的「係邊度」，普通話應説成「在哪兒」。
   例如：（廣東話）個咪係邊度？
   　　　（普通話）話筒／麥克風在哪兒？

4. 廣東話的「一腳踢」，普通話應説成「一個人負責（幹）」。
　　例如：（廣東話）呢個會你一腳踢？
　　　　　（普通話）這個會你一個人負責嗎？

5. 廣東話的「夾手夾腳」和「執頭執尾」，普通話應分別説
　　成「一起動手」和「收拾零碎的東西」。
　　例如：（廣東話）我地夾手夾腳搬開啲嘢，阿黃，你執頭
　　　　　　　　　　執尾。
　　　　　（普通話）我們一起動手把這些東西搬走，小黃，
　　　　　　　　　　你收拾零碎的東西吧。

五、小笑話 🎧 02-05.mp3

職員：經理，你看，這兩位嘉賓的名字怎麼「一毛一樣」。

經理：什麼「一毛一楊」？他們一位姓毛，一位姓楊？

職員：對不起，我的普通話不標準，你看。

經理：噢，應該是「一模一樣」。

六、請聽錄音，然後朗讀下列句子。 🎧 02-06.mp3

1. 　zhè cì yán tǎo huì duì wǒ men kāi tuò hǎi wài shì chǎng zhì guān
　　 這 次 研 討 會 對 我 們 開 拓 海 外 市 場 至 關
　　 zhòng yào
　　 重 　要 。

2. 　qǐng xiǎo liú qǐ cǎo yí fèn huì yì yì chéng
　　 請 小 劉 起 草 一 份 會 議 議 程 。

3. wǒ huì bǎ diàn zǐ bǎn fā sòng dào yù huì rén yuán de yóu xiāng
我 會 把 電 子 版 發 送 到 與 會 人 員 的 郵 箱 。

4. suī rán huì chǎng nèi bù yǔn xǔ lù xiàng lù yīn dàn shì kě
雖 然 會 場 內 不 允 許 錄 像 、 錄 音 ， 但 是 可
yǐ zuò wén zì jì lù
以 做 文 字 記 錄 。

5. huì yì de yù suàn tài jǐn zhāng le
會 議 的 預 算 太 緊 張 了 ！

6. yāo qǐng xìn yǐ jing jiāo gěi dǎ yìn diàn zhì zuò le
邀 請 信 已 經 交 給 打 印 店 製 作 了 。

7. tā méi yǒu cān yù jiē dài gōng zuò
他 沒 有 參 與 接 待 工 作 。

8. nǐ bú dàn yào fù zé qiān dào ér qiě yào zuò hǎo xié tiáo gōng
你 不 但 要 負 責 簽 到 ， 而 且 要 做 好 協 調 工
zuò
作 。

9. huì yì bāo hán shí sù lái huí jiāo tōng qǐng zì lǐ
會 議 包 含 食 宿 ， 來 回 交 通 請 自 理 。

10. jīn tiān chǎng wài hé chǎng nèi pèi hé de hǎo jí le
今 天 場 外 和 場 內 配 合 得 好 極 了 ！

七、請回答下列問題。

1. 會議議程大致有哪些環節？

2. 財經類的研討會可以在哪些平台進行宣傳？

3. 主持人應該如何準備發言稿？

4. 選擇場地時你會先考慮哪些因素？

5. 「場內」是指什麼工作？
6. 「場外」是指什麼工作？
7. 接待工作有哪些內容？
8. 會議預算應該包括什麼內容？
9. 演講嘉賓臨時缺席，應該怎麼處理？
10. 請寫一封商務會議邀請函。

八、延伸閱讀

商務交往中的原則

商務交往中的「3A 原則」又叫「布吉林 3A 原則」，是美國學者布吉林教授等人提出的。

「3A 原則」的內容是：如何把對別人的友善通過三種方式恰到好處地表達出來。「3A 原則」指的是 Accept，Appreciate 以及 Admire，即接受、重視以及讚美對方。

接受對方，指的是在人際交往中，切勿自以為是，囂張放肆，目中無人，而應嚴以律己，寬以待人，接受交往對象，以及交往對象的風俗習慣和交際禮儀。重視對方，指的是要讓對方感覺自己受到重視，不要讓人家覺得受冷落。重視別人不是讓人難堪尷尬，而是欣賞的重視。讚美對方，要以欣賞的態度肯定對方，要實事求地讚美別人自以為的長處。

第三課

業務介紹

業務介紹

》 背景 《

華富證券是由華天國際集團全資控股的多牌照綜合性證券公司，總部位於深圳，註冊資本金為人民幣 85 億元，經營範圍包括投資銀行業務、資產管理業務、證券經紀業務、投資諮詢業務和證券自營業務。鄭泰國是華富證券的總經理，今天他在深圳給投資者陳老闆介紹華富證券的業務。

》 對話 《  03-00.mp3

鄭泰國：
您好，陳老闆。今天本人會藉這次機
nín hǎo chén lǎo bǎn jīn tiān běn rén huì jiè zhè cì jī

會跟您介紹一下我們公司的主要業
huì gēn nín jiè shào yí xià wǒ men gōng sī de zhǔ yào yè

務。希望貴公司對本公司的業務更
wù xī wàng guì gōng sī duì běn gōng sī de yè wù gèng

為瞭解，並且買進我們公司的股票。
wéi liǎo jiě bìng qiě mǎi jìn wǒ men gōng sī de gǔ piào

陳老闆：
好的。鄭總經理，請您簡單地介
hǎo de zhèng zǒng jīng lǐ qǐng nín jiǎn dān de jiè

紹一下貴公司的業務吧。
shào yí xià guì gōng sī de yè wù ba

鄭泰國：
我們公司成立於2006年，經中國
wǒ men gōng sī chéng lì yú nián jīng zhōng guó

證監會批准，成為中國加入WTO
zhèng jiān huì pī zhǔn chéng wéi zhōng guó jiā rù

後首家規範批准的多牌照合資券商。主要業務包括：經紀業務、投資銀行、直投業務、固定收益以及研究服務。經紀業務包括幫客戶買賣證券、基金及債券。投資銀行業務包括股本融資業務、債務融資業務及財務顧問業務。我們公司致力於做企業發展的戰略總顧問，為企業提供量身訂做的資本市場解決方案。

陳老闆：那麼直投業務包括哪些呢？

鄭泰國：我們使用自有資金或設立直投基金，對企業進行股權投資或債權投資。至於固定收益業務方面，我們公司提供全方位固定收益類金融融資

服務，並承擔銀行間、交易所各固定收益產品銷售。

陳老闆：貴公司的研究團隊名氣在行內可謂響噹噹。

鄭泰國：您過獎了。我們研究團隊為機構客戶的投資決策提供基於基本面和主題分析的投資建議。

陳老闆：今天謝謝鄭總經理百忙之中抽出時間給我介紹了華富證券的業務，我們會回去仔細研究一下再做決定。

一、語音知識：單韻母和聲調

普通話有 39 個韻母，其中單母音韻母有 7 個，分別是：

a[阿]　o[喔]　e[鵝]　i[衣]　u[烏]　ü[迂]　ê[誒]

單母音發音時要保持口型不變，舌位不移，而聲帶顫動。具體發音方法如下：

	口型	舌位	唇型
A	大開	最低	不圓
O	較大開	半高	略圓
E	半開	半高略低	不圓
I	開口度很小	高	扁平
U	開口度很小	高	最圓
Ü	開口度很小	高	扁圓
Ê	半開	半低	不圓

其實我們平時常用的單韻母是前六個，最後一個 ê 除了在語氣詞「欸」或「誒」中單獨出現之外，一般都以複韻母的形式出現，如 ie 和 üe。

業務介紹

普通話每一個音節都有一個聲調，其讀法可分為陰平、陽平、上聲、去聲，或稱作第一聲、第二聲、第三聲、第四聲。其調值示意如下：

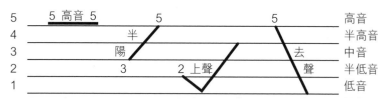

而若以調值區分四聲，又可稱其為高平調、高升調、降升調、全降調。

二、語音練習 03-02.mp3

1. 請朗讀下列單韻母，注意聲調的變化。

ā á ǎ à

ō ó ǒ ò

ē é ě è

ī í ǐ ì

ū ú ǔ ù

ǖ ǘ ǚ ǜ

2. 請給下列漢字標註韻母和聲調，注意標調的規則。

經 j_____ 紀 j_____ 　　收 sh_____ 益 y_____

諮 z_____ 詢 x_____ 　　債 zh_____ 權 q_____

證 zh_____ 券 q_____ 　　團 t_____ 隊 d_____

投 t____ 資 z____　　　決 j____ 策 c____

股 g____ 本 b____　　　市 sh____ 場 ch____

三、容易讀錯的詞和字  03-03.mp3

bǔ chōng 補 充	bǎo ān 保 安
bù gào 佈 告	bào gào 報 告
liú xíng 流 行	lóu shì 樓 市
mào fàn 冒 犯	mù gǔ chén zhōng 暮 鼓 晨 鐘
mào yì 貿 易	móu shēng 謀 生
zhèng quàn 證 券	zhèng quán 政 權
yán tǎo 研 討	yì tú 意 圖
jī huì 機 會	jì huì 忌 諱
cái wù 財 務	cái wù 財 物
zhù cè 註 冊	zhù cí 祝 辭

四、普通話詞彙及知識點

1. 廣東話的「點解」、「老頂」和「乸型」，普通話應說成
   「為什麼」、「老闆」和「娘娘腔」。
   例如：（廣東話）你覺唔覺你老頂有啲乸型？
   　　　（普通話）你覺不覺得你們老闆有點兒娘娘腔的？

2. 廣東話的「講笑」，普通話應說成「開玩笑」。
   例如：（廣東話）你講笑。
   　　　（普通話）你開玩笑。

3. 廣東話的「成日」和「開 OT」，普通話應說成「常常 / 老」
   或和「加班」。
   例如：（廣東話）你地點解成日開 OT？
   　　　（普通話）你們怎麼老加班？

4. 廣東話的「窩輪」，普通話應說成「權證」。
   例如：（廣東話）你千奇唔好買窩輪。
   　　　（普通話）你千萬別買權證。

5. 廣東話的「踢爆」，普通話應分別說成「揭發」。
   例如：（廣東話）呢間公司被人踢爆造假數。
   　　　（普通話）這家公司被人揭發造假。

五、小笑話 03-05.mp3

詢問處職員： 你好！你有「屎」嗎？

顧　　　客： 我沒「屎」，我有事！

詢問處職員： 對不起，我的普通話不標準。

顧　　　客： 請問地鐵站怎麼走？

六、請聽錄音，然後朗讀下列句子。 03-06.mp3

1. xī wàng néng jiè zhè cì jī huì ràng nín gèng liǎo jiě wǒ men de
   希 望 能 藉 這 次 機 會 讓 您 更 瞭 解 我 們 的
   yè wù
   業 務。

2. yì jīng zhōng guó zhèng jiān huì pī zhǔn　wǒ men jiù kě yǐ
   一 經 中 國 證 監 會 批 准， 我 們 就 可 以
   zhèng shì guà pái le
   正 式 掛 牌 了。

3. chéng yāo guì gōng sī dān rèn wǒ fāng de zhàn lüè zǒng gù wèn
   誠 邀 貴 公 司 擔 任 我 方 的 戰 略 總 顧 問。

4. suǒ yǒu de shì chǎng fāng àn dōu kě yǐ liáng shēn dìng zuò
   所 有 的 市 場 方 案 都 可 以 量 身 訂 做。

5. zhèng jīng lǐ shì háng nèi de jiǎo jiǎo zhě
   鄭 經 理 是 行 內 的 佼 佼 者。

6. zhè ge cè huà de shì chǎng dìng wèi fēi cháng zhǔn què
   這 個 策 劃 的 市 場 定 位 非 常 準 確。

7. běn gōng sī xiàn zài zhǔ yíng yǔ zhōng guó dà lù xiāng guān de
   本 公 司 現 在 主 營 與 中 國 大 陸 相 關 的
   yè wù
   業 務。

8. guì gōng sī de tóu zī jiàn yì tǐng quán miàn de
   貴公司的投資建議挺全面的。

9. wǒ men shì　　　nián kāi shǐ jīng yíng zhèng quàn yè wù de
   我們是2006年開始經營證券業務的。

10. nín xiǎng liǎo jiě nǎ fāng miàn de yè wù
    您想瞭解哪方面的業務?

七、請回答下列問題。

1. 證券公司受什麼機構監管?
2. 幫客戶買賣證券、基金和債券屬於什麼業務?
3. 華富證券主營哪些業務?
4. 直投資金的資金來源有哪些?
5. 可以從哪幾個方面介紹自己公司的歷史及發展?
6. 為客戶量身訂做投資方案有什麼好處?
7. 介紹業務時最需要強調哪方面?
8. 如何婉拒對方的投資方案?
9. 如何說明投資風險?
10. 說說你對高風險高回報的看法。

八、延伸閱讀

名片的使用禮儀

在現代社會中，名片往往代表了一個人的身份，是人們社交活動中十分重要的工具；因此，個人名片的設計、名片的遞送、接受、存放也要講究社交禮儀。

在社交場合，交換名片的順序一般是：「客先主後；身份低者先，身份高者後」。當與多人交換名片時，應依照職位高低的順序，或是由近及遠，依次進行，切勿跳躍式地進行，以免對方誤認為有厚此薄彼之感。遞送時應將名片正面面向對方，雙手奉上。眼睛應注視對方，面帶微笑，並大方地說：「這是我的名片，請多多關照。」

接受名片時應起身，面帶微笑注視對方。接過名片時應說：「謝謝」，隨後有一個微笑閱讀名片的過程，閱讀時可將對方的姓名職銜唸出聲來，並抬頭看看對方的臉，使對方產生一種受重視的滿足感。然後，回敬一張本人的名片，如身上未帶名片，應向對方表示歉意。

接過別人的名片切不可隨意擺弄或扔在桌子上，也不要隨便地塞在口袋裡或丟在包裡。應放在西服左胸的內衣袋或名片夾裡，以示尊重。

第四課

業務跟進

業務跟進

───── **》背景《** ─────

信用證（Letter of Credit，L/C），是指開證銀行應申請人（買方）的要求並按其指示向受益人開立的載有一定金額的、在一定的期限內憑符合規定的單據付款的書面保證檔。信用證是國際貿易中最主要、最常用的支付方式。現在，宏興貿易公司的劉經理正在和招商銀行的張主任交涉有關信用證事宜。

───── **》對話《** ───── 🎧 04-00.mp3

劉經理：
nǐ hǎo　　zhāng zhǔ rèn　duì bu qǐ　　yòu yào láo nín dà
你好！張主任，對不起，又要勞您大
jià le
駕了。

張主任：
ó　　shén me shì a　　zhè me kè qi
哦？什麼事啊，這麼客氣？

劉經理：
wǒ yǒu yí fèn xìn yòng zhèng yào má fan nín xiū gǎi yí xià
我有一份信用證要麻煩您修改一下。

張主任：
méi guān xi　　shì nǎ yí fèn
沒關係，是哪一份？

劉經理：
jiù shì wǒ men gōng sī zài shàng xīng qī wǔ shēn qǐng de
就是我們公司在上星期五申請的
hé zhōng yuǎn gōng sī de nà yí fèn xìn yòng zhèng
和中遠公司的那一份信用證。

張主任：
ò　　nín xū yào xiū gǎi nǎ yí bù fen de xìn xī
哦，您需要修改哪一部分的信息？

劉經理：因為那批貨物的船期延遲了，所以交
貨日期也要相應地延遲一個星期。

張主任：我明白了，因為付款日期是在交貨日
期後的15天之內，所以同時需要修改
付款日期。

劉經理：沒錯，要麻煩您修改信用證的付款
日期。

張主任：雖然這份信用證還沒有發出，但是
我們銀行已經批核了。現在修改的話，
需要貴公司提交有關申請及船運
公司改期的證明。

劉經理：我們公司會盡快提交修改信用證的
申請和相關證明。不過也要煩
請貴行盡快審批。

張主任：這個請您放心，貴公司是我們的老客戶了，5個工作日內我們保證開出新的信用證來。

劉經理：太感謝了，今天下班之前我會派人專程將相關文件交給您。

張主任：好的，沒問題。

一、語音知識：聲母

《漢語拼音方案》規定，普通話有 21 個聲母。按照發音部位的不同，一般可以分為以下幾組：

	聲母	發音部位	發音方法
唇音	b	雙唇	雙唇先緊閉再打開，氣流破唇而出，不送氣，聲帶不振動。
	p		雙唇先緊閉再打開，氣流破唇而出，送氣，聲帶不振動。
	m		雙唇緊閉，氣流從鼻腔而出，聲帶振動。
	f	上齒和下唇	上齒輕咬下唇，氣流從其間摩擦而出，聲帶不振動。
舌尖音	d	舌尖與上齒齦	舌尖頂上齒齦，氣流爆發而出，不送氣，聲帶不振動。
	t		舌尖頂上齒齦，氣流爆發而出，儘量送氣，聲帶不振動。
	n		舌尖抵上齒齦，氣流從鼻腔而出，聲帶振動。
	l		舌尖抵上齒齦，氣流從舌的兩邊送出，聲帶振動。

	聲母	發音部位	發音方法
舌根音	g	舌根與 軟齶	舌根頂住軟齶，氣流爆破而出，不送氣，聲帶不振動。
	k		舌根頂住軟齶，氣流爆破而出，盡量送氣，聲帶不振動。
	h		舌根接近軟齶，氣流摩擦而出，聲帶不振動。
舌面音	j	舌尖抵 下齒背	較弱的氣流從窄縫中摩擦而出，聲帶不振動。
	q		較強的氣流從窄縫中摩擦而出，聲帶不振動。
	x		舌面前部略微抬起，氣流從窄縫中摩擦而出，聲帶不振動。

	聲母	發音部位	發音方法
舌尖後音	zh	舌尖向後抵住硬顎前部	較弱的氣流從窄縫中摩擦而出，聲帶不振動。
	ch		較強的氣流從窄縫中摩擦而出，聲帶不振動。
	sh	舌尖向後接近硬顎前部	氣流從窄縫中摩擦而出，聲帶不振動。
	r		氣流從窄縫中摩擦而出，聲帶振動。
舌尖前音	z	舌尖頂住上齒背	氣流從舌尖和齒縫中摩擦而出，不送氣，聲帶不振動。
	c		較強的氣流從窄縫中衝出，儘量送氣，聲帶不振動。
	s	舌尖接近上齒背	氣流從舌尖和齒縫中摩擦而出，聲帶不振動。

i 行和 ü 行的韻母，前面沒有聲母時，用 y 當作聲母；u 行的韻母，前面沒有聲母時，用 w 當作聲母。所以，也有人說漢語拼音有 23 個聲母。

二、語音練習 🎧 04-02.mp3

1. 請朗讀以下表格內聲母和單韻母相拼的音節：

	a	o	e	i	u	ü
b	ba	bo		bi	bu	
P	pa	po		pi	pu	
m	ma	mo	me	mi	mu	
f	fa	fo			fu	
d	da		de	di	du	
t	ta		te	ti	tu	
n	na		ne	ni	nu	nü
l	la		le	li	lu	lü
g	ga		ge		gu	
k	ka		ke		ku	
h	ha		he		hu	
j				ji		ju

q				qi		qu
x				xi		xu
zh	zha		zhe	zhi	zhu	
ch	cha		che	chi	chu	
sh	sha		she	shi	shu	
r			re	ri	ru	
z	za		ze	zi	zu	
c	ca		ce	ci	cu	
s	sa		se	si	su	

2. 請在下列詞語上標上聲母、韻母和聲調：

國際　貿易　支付　單據　努力　勞駕

麻煩　答覆　密碼　修改　延期　信息

批核　支付　證明　跟進　專程　申請

三、容易讀錯的詞和字 🎧 04-03.mp3

wēn dù 溫 度	——	tōng dào 通 道
cū xīn 粗 心	——	cāo xīn 操 心
bì kāi 避 開	——	zhǔn bèi 準 備
mí làn 糜 爛	——	méi mao 眉 毛
zuò shì 做 事	——	zào shì 造 勢
láo jià 勞 駕	——	láo jiào 勞 教
xìn yòng zhèng 信 用 證	——	sǔn yì biǎo 損 益 表
jiāo huò 交 貨	——	jiāo huǒ 交 火
yán chí 延 遲	——	yān chén 煙 塵
tí jiāo 提 交	——	tí jiào 啼 叫

四、普通話詞彙及知識點

1. 廣東話的「熟行」，普通話應説成「在行 / 內行」。
   例如：（廣東話）你咁熟行嘅？
   　　　（普通話）你那麼在行？

2. 廣東話的「人客」、「老友記」，普通話應説成「客人」、「老朋友」。

　　例如：（廣東話）呢位人客係我哋嘅老友記嚟㗎。

　　　　　（普通話）這位客人是我們的老朋友。

3. 廣東話的「蛇王」和「嘷嘷林」，普通話應説成「偷懶」和「快點兒／趕緊」。

　　例如：（廣東話）唔好蛇王，嘷嘷林做曬佢！

　　　　　（普通話）別偷懶，趕緊把事兒幹完！

4. 廣東話的「橫掂」和「啱」，普通話應説成「反正」和「適合／對」。

　　例如：（廣東話）橫掂信用證上嘅日期同金額都唔啱，你哋去銀行在做過張啦！

　　　　　（普通話）反正信用證上的日期和金額都不對，你們去銀行再開一張吧！

5. 廣東話的「後生仔」和「老千」，普通話應分別説成「年輕小夥子」和「騙子」。

　　例如：（廣東話）呢個後生仔唔似老千哦！

　　　　　（普通話）這個小夥子不像騙子啊！

五、小笑話　🎧 04-05.mp3

出版社職員： 您好！我是「慢錢曲本蛇」的「騙子」。

書 店 職 員： 什麼？什麼「蛇」？你是「騙子」？

出版社職員：對不起，我的普通話不標準。這是我的「名
　　　　　　片」。

書店職員：哦！這是你的名片。原來是萬程出版社的編
　　　　　　輯。您好！

出版社職員：您好！

六、請聽錄音，然後朗讀下列句子。 🎧 04-06.mp3

1. <ruby>之<rt>zhī</rt></ruby> <ruby>前<rt>qián</rt></ruby> <ruby>遞<rt>dì</rt></ruby> <ruby>交<rt>jiāo</rt></ruby> 的 <ruby>申<rt>shēn</rt></ruby> <ruby>請<rt>qǐng</rt></ruby>，<ruby>請<rt>qǐng</rt></ruby> <ruby>問<rt>wèn</rt></ruby> <ruby>進<rt>jìn</rt></ruby> <ruby>程<rt>chéng</rt></ruby> <ruby>怎<rt>zěn</rt></ruby> <ruby>麼<rt>me</rt></ruby> <ruby>樣<rt>yàng</rt></ruby> 了？

2. <ruby>我<rt>wǒ</rt></ruby> <ruby>想<rt>xiǎng</rt></ruby> <ruby>跟<rt>gēn</rt></ruby> <ruby>您<rt>nín</rt></ruby> <ruby>核<rt>hé</rt></ruby> <ruby>對<rt>duì</rt></ruby> <ruby>一<rt>yí</rt></ruby> <ruby>下<rt>xià</rt></ruby> <ruby>申<rt>shēn</rt></ruby> <ruby>請<rt>qǐng</rt></ruby> <ruby>人<rt>rén</rt></ruby> 的 <ruby>具<rt>jù</rt></ruby> <ruby>體<rt>tǐ</rt></ruby> <ruby>信<rt>xìn</rt></ruby> <ruby>息<rt>xī</rt></ruby>。

3. <ruby>交<rt>jiāo</rt></ruby> <ruby>貨<rt>huò</rt></ruby> <ruby>日<rt>rì</rt></ruby> <ruby>期<rt>qī</rt></ruby> <ruby>受<rt>shòu</rt></ruby> <ruby>到<rt>dào</rt></ruby> <ruby>颱<rt>tái</rt></ruby> <ruby>風<rt>fēng</rt></ruby> <ruby>影<rt>yǐng</rt></ruby> <ruby>響<rt>xiǎng</rt></ruby>，<ruby>需<rt>xū</rt></ruby> <ruby>要<rt>yào</rt></ruby> <ruby>延<rt>yán</rt></ruby> <ruby>遲<rt>chí</rt></ruby> <ruby>一<rt>yì</rt></ruby> <ruby>週<rt>zhōu</rt></ruby>。

4. <ruby>我<rt>wǒ</rt></ruby> <ruby>們<rt>men</rt></ruby> <ruby>需<rt>xū</rt></ruby> <ruby>要<rt>yào</rt></ruby> <ruby>信<rt>xìn</rt></ruby> <ruby>息<rt>xī</rt></ruby> <ruby>更<rt>gēng</rt></ruby> <ruby>改<rt>gǎi</rt></ruby> <ruby>部<rt>bù</rt></ruby> <ruby>分<rt>fen</rt></ruby> 的 <ruby>文<rt>wén</rt></ruby> <ruby>件<rt>jiàn</rt></ruby> <ruby>證<rt>zhèng</rt></ruby> <ruby>明<rt>míng</rt></ruby>。

5. <ruby>貴<rt>guì</rt></ruby> <ruby>公<rt>gōng</rt></ruby> <ruby>司<rt>sī</rt></ruby> 的 <ruby>信<rt>xìn</rt></ruby> <ruby>用<rt>yòng</rt></ruby> <ruby>證<rt>zhèng</rt></ruby> <ruby>只<rt>zhǐ</rt></ruby> <ruby>差<rt>chà</rt></ruby> <ruby>行<rt>háng</rt></ruby> <ruby>長<rt>zhǎng</rt></ruby> 的 <ruby>簽<rt>qiān</rt></ruby> <ruby>字<rt>zì</rt></ruby> 了。

6. <ruby>現<rt>xiàn</rt></ruby> <ruby>在<rt>zài</rt></ruby> 的 <ruby>申<rt>shēn</rt></ruby> <ruby>請<rt>qǐng</rt></ruby> <ruby>程<rt>chéng</rt></ruby> <ruby>序<rt>xù</rt></ruby> <ruby>越<rt>yuè</rt></ruby> <ruby>來<rt>lái</rt></ruby> <ruby>越<rt>yuè</rt></ruby> <ruby>精<rt>jīng</rt></ruby> <ruby>簡<rt>jiǎn</rt></ruby> 了。

7. <ruby>只<rt>zhǐ</rt></ruby> <ruby>要<rt>yào</rt></ruby> <ruby>拿<rt>ná</rt></ruby> <ruby>到<rt>dào</rt></ruby> <ruby>信<rt>xìn</rt></ruby> <ruby>用<rt>yòng</rt></ruby> <ruby>證<rt>zhèng</rt></ruby>，<ruby>我<rt>wǒ</rt></ruby> <ruby>們<rt>men</rt></ruby> <ruby>就<rt>jiù</rt></ruby> <ruby>可<rt>kě</rt></ruby> <ruby>以<rt>yǐ</rt></ruby> <ruby>繼<rt>jì</rt></ruby> <ruby>續<rt>xù</rt></ruby> <ruby>交<rt>jiāo</rt></ruby> <ruby>易<rt>yì</rt></ruby>。

8. <ruby>請<rt>qǐng</rt></ruby> <ruby>您<rt>nín</rt></ruby> <ruby>方<rt>fāng</rt></ruby> <ruby>盡<rt>jǐn</rt></ruby> <ruby>快<rt>kuài</rt></ruby> <ruby>提<rt>tí</rt></ruby> <ruby>交<rt>jiāo</rt></ruby> <ruby>缺<rt>quē</rt></ruby> <ruby>漏<rt>lòu</rt></ruby> 的 <ruby>資<rt>zī</rt></ruby> <ruby>料<rt>liào</rt></ruby>，<ruby>以<rt>yǐ</rt></ruby> <ruby>便<rt>biàn</rt></ruby> <ruby>我<rt>wǒ</rt></ruby> <ruby>們<rt>men</rt></ruby> <ruby>完<rt>wán</rt></ruby> <ruby>成<rt>chéng</rt></ruby> <ruby>批<rt>pī</rt></ruby> <ruby>核<rt>hé</rt></ruby>。

wǒ men lí yuē dìng de fù kuǎn qī hái yǒu　　tiān
9. 我 們 離 約 定 的 付 款 期 還 有 10 天 。

qǐng nín bāng wǒ men cuī yi cuī wěi kuǎn
10. 請 您 幫 我 們 催 一 催 尾 款 。

七、請回答下列問題。

1. 誰需要申請信用證？
2. 申請信用證需要提供哪些資訊和資料？
3. 如何詢問業務辦理進度？
4. 修改時間資訊需要提供哪些檔？
5. 如何表達己方合作的誠意？
6. 銀行對老客戶有什麼優待？
7. 如何與對方約定最後付款期限？
8. 請說說如何委婉地催促合作方。
9. 若發現雙方信息有錯，怎麼辦？
10. 如果需要中止合作，應該怎樣溝通？

八、延伸閱讀

業務跟進的重要性

　　作為一個很好的業務員，在獲得客人的郵箱名片資訊以後，如何有效地跟進是非常重要的。如果沒有有效的開發和跟進，這些名片也就是一張廢紙。所以我們需要用以下方法來跟進業務：

　　一、業務員在獲得客人的名片後，要簡單地瞭解下客人的

背景，例如：客人公司的歷史、所屬行業、公司的產品類型以及產品的主要市場等等。

二、業務員應該詢問客人的需求，並且進一步瞭解客人需要產品的原因，然後推銷針對客人需求的產品。

三、業務員還需要定時給客人推薦一些新的產品，讓客人及時地瞭解公司產品的最新動態。只有這樣，業務員才能跟客人建立長期穩定的良好關係。

四、業務員在推廣資訊發出後，會有兩種結果：一是客人回覆了，想瞭解你的產品，這當然的是最好的，你只要繼續跟進就好了；二是客人沒有回覆，這是我們作為業務員經常遇到的情況，這時候我們該怎麼做呢？我們只需要再一次簡單地查看下客人公司的網站資訊，隔上五、六天就寫上一封跟進的信或發一次跟進的資訊。總而言之，就是跟客人寒暄一下，搞好關係。

根據美國專業營銷人員協會和國家銷售執行協會做過這樣的統計報告數據，80% 的銷售是在第 4 至 11 次跟進後完成的。但是在我們日常工作中，80% 的銷售人員在跟進一次後，不再進行第二次、第三次跟進。少於 2% 的銷售人員會堅持到第四次跟進。

總而言之，不論什麼產品，只要有良好的跟進方法和技巧，業務員就可以輕易地把產品銷售出去。

第五課

接待來賓

》背景《

招商銀行香港分行於 2002 年成立，包括公司及零售銀行業務。公司銀行業務主要是向客戶提供存款和貸款、匯款、保理、國際貿易融資及結算，並參與同業資金、債券及外匯市場交易。零售銀行業務主要為香港和內地的個人客戶提供跨境電子銀行服務，特色產品為「香港一卡通」及「香港銀證通」。現在，招商銀行深圳分行的梁經理來拜訪香港分行的張主任。張主任的秘書李小姐出來接待她。

》對話《 　　　05-00.mp3

李小姐：你好！請問您是招商銀行深圳
（nǐ hǎo　qǐng wèn nín shì zhāo shāng yín háng shēn zhèn）
分行的梁經理嗎？
（fēn háng de liáng jīng lǐ ma）

梁經理：沒錯，我是梁麗紅。
（méi cuò　wǒ shì liáng lì hóng）

李小姐：我是張主任的秘書，您叫我小李就
（wǒ shì zhāng zhǔ rèn de mì shū　nín jiào wǒ xiǎo lǐ jiù）
行。
（xíng）

梁經理：李小姐你好！張主任在嗎？
（lǐ xiǎo jie nǐ hǎo　zhāng zhǔ rèn zài ma）

李小姐： 她在，不過很抱歉，您得稍等一會兒，
她還在開會呢。

梁經理： 沒關係，是我早到了一刻鐘。

李小姐： 請您先到會客室稍坐一下吧。您喝咖
啡還是喝茶？

梁經理： 好的，那就麻煩你了，一杯熱茶。

李小姐： 這是您的茶，還有今天的報紙，您先
看看。

梁經理： 謝謝。你先去忙吧。

李小姐： 不用謝。等張主任開完會，我馬
上通知您。

接待來賓

（十五分鐘以後）

張主任：您好，梁經理，很抱歉，勞您久等了。

梁經理：哪裡哪裡，是我來早了。這是我的名片，認識您很高興。

張主任：幸會幸會。這是我的名片，請多指教。

梁經理：這是一點小禮物，不成敬意。

張主任：您太客氣了。請到我的辦公室來，咱們慢慢兒談。

梁經理：好的，您先請。

一、語音知識：複韻母

複韻母由多個母音組成，共有 13 個，包括二合母音韻母 ai、ei、ao、ou、ia、ie、ua、uo、üe，以及三合母音韻母 iao、iou、uai、uei。

複韻母可按照其響亮母音出現的位置分為前響、後響和中響複母音韻母以下三類：

分類	複韻母	例詞	發音方法
前響複母音韻母	ai	bái cài 白菜　　mǎi mai 買賣 kāi cǎi 開採	發音時，前一個母音清楚而響亮，後一個母音比較模糊而輕短。
	ei	měi wèi 美味　　féi měi 肥美 bēi wēi 卑微	
	ao	bào gào 報告　　pāo máo 拋錨 cāo láo 操勞	
	ou	shōu gòu 收購　　dōu shòu 兜售 shōu shòu 收受	

分類	複韻母	例詞	發音方法
後響複母音韻母	ia	jiā jià 加價　xià yā 下壓 jiǎ yá 假牙	發音時，前一個母音短而輕，後一個母音清楚而響亮。
	ie (ie)	jié yè 結業　tiē qiè 貼切	
	ua	huà huā 畫花　shuǎ huá 耍滑	
	uo	duò luò 墮落　cuō tuó 蹉跎	
	üe	yuē lüè 約略	
中響複母音韻母	iao	qiǎo miào 巧妙　miǎo xiǎo 渺小	發音時，中間的原因最響亮，前面的母音輕而短，後面的母音較模糊。
	iou	yōu jiǔ 悠久　yōu xiù 優秀	
	uai	wài kuài 外快　shuāi huài 摔壞	
	uei	huì duì 匯兌　zhuì huǐ 墜毀	

二、語音練習 🎧 05-02.mp3

1. 請寫出下列詞語的韻母：

抬頭 t____ t____　　　　朝代 ch____ d____

堡壘 b____ l____　　　　華夏 h____ x____

接洽 j____ q____　　　　謝絕 x____ j____

拜會 b____ h____　　　　追求 zh____ q____

外圍 w____ w____

2. 給複韻母標調時，調號要標在響亮的母音上，試給下列詞語標上聲調：

交友 jiaoyou　　　懷舊 huaijiu　　　對調 duidiao

妥協 tuoxie　　　卓越 zhuoyue　　　佳節 jiajie

購買 goumai　　　招待 zhaodai　　　牌照 paizhao

三、容易讀錯的詞和字 🎧 05-03.mp3

xié zi 鞋 子	——	hái zi 孩 子
jiāng jūn 將 軍	——	zhāng jūn 張 軍(人名)
wén fǎ 文 法	——	mín fǎ 民 法
xióng xīn 雄 心	——	hóng xīn 紅 心

yì gēn 一 根	——	yì jīn 一 斤
yín háng 銀 行	——	yáng háng 洋 行
cún kuǎn 存 款	——	chún bái 純 白
lǐ wù 禮 物	——	lǜ wà zi 綠 襪 子
mì shū 秘 書	——	bèi shū 背 書
bào zhǐ 報 紙	——	bù zhì 佈 置

四、普通話詞彙及知識點

1. 廣東話的「幾時」和「搞掂」，普通話應説成「什麼時候」和「搞定」。

   例如：（廣東話）你哋幾時可以搞掂？

   （普通話）你們什麼時候可以搞定？

2. 廣東話的「頭先」、「唔覺意」和「卡片」，普通話應説成「剛才」、「不小心／不留心」和「名片」。

   例如：（廣東話）對唔住，頭先唔覺意跌左你嘅卡片。

   （普通話）對不起，剛才不小心丟了您的名片。

3. 廣東話的「好夾」，普通話應説成「很合得來」。
　　例如：（廣東話）我哋真係好夾！
　　　　　（普通話）我們真的很合得來！

4. 廣東話的「做嘢」、「拿西」，普通話應説成「幹活」和「粗心大意」。
　　例如：（廣東話）你做嘢唔好咁拿西。
　　　　　（普通話）你幹活不能那麼粗心大意。

5. 廣東話的「二五仔」和「篤背脊」，普通話應分別説成「出賣兄弟或朋友的人」和「打小報告」。
　　例如：（廣東話）佢係二五仔，專篤人背脊。
　　　　　（普通話）他出賣兄弟，專門打小報告。

五、小笑話　　05-05.mp3

售貨員：小姐，想買「孩子」嗎？我們的「孩子」又平又靚。
顧　客：什麼「孩子」？我想買「鞋子」，不是來買「孩子」的。
售貨員：對不起，我的普通話不標準。你想買什麼鞋子？
顧　客：我想買高跟鞋。

六、請聽錄音，然後朗讀下列句子。 🎧 05-06.mp3

wǒ kàn kan míng tiān yǒu méi yǒu rì chéng ān pái
1. 我看看明天有沒有日程安排。

xiǎo lǐ huì gēn nǐ duì jiē hòu mian de gōng zuò
2. 小李會跟你對接後面的工作。

nín xiǎng hē hóng chá lǜ chá hái shi xiàn mó kā fēi
3. 您想喝紅茶、綠茶還是現磨咖啡？

bào qiàn wǒ de míng piàn yòng wán le wǒ men jiāo huàn yí
4. 抱歉，我的名片用完了，我們交換一
xià lián xì fāng shì hǎo ma
下聯繫方式好嗎？

qǐng nín xiū xi piàn kè shāo hòu huì yǒu zhuān rén wèi nín fú
5. 請您休息片刻，稍後會有專人為您服
wù
務。

zhè shì chū bù zī liào qǐng nín xiān guò mù
6. 這是初步資料，請您先過目。

má fan nín tí gōng yù dìng xìn xī xiè xie
7. 麻煩您提供預定信息，謝謝！

wǒ men wèi nín zhǔn bèi le shuǐ guǒ hé míng chá qǐng yí bù
8. 我們為您準備了水果和茗茶，請移步
dào xiū xi qū
到休息區。

xià yí wèi kè hù jiù shì nín le
9. 下一位客戶就是您了。

jīn tiān méi shí jiān le míng tiān wǒ men zài lái ba
10. 今天沒時間了，明天我們再來吧！

七、請回答下列問題。

1. 説説初次見面時常用的禮貌用語。
2. 銀行開戶需要提供哪些資料？
3. 如何約定下次見面時間？
4. 接待人員如何留下對方的聯繫方式？
5. 需要客戶等待時你會怎樣解釋？
6. 預定需要改期，你會怎麼處理？
7. 客戶資料不齊全怎麼辦？
8. 接待重要客戶時，如何突顯客戶身份及地位？
9. 無法解答客戶問題時，你會怎麼處理？
10. 請説説接待過程中最容易出差錯的地方。

八、延伸閱讀

商務接待必須做到的三件事

在商務接待中，必須要做到專門恭候，起身相迎以及熱情挽留。

為了防止來賓來訪時「吃閉門羹」，負責招待對方的有關人員須至少提前 10 分鐘抵達雙方約定的地點。必要之時，還應專門在約定地點的正門之外迎候來賓。

來賓抵達時，要起身相迎，盛情款待，要做到讓座於人、代存衣帽、斟茶倒水以及認真專注。與來賓交談時，務必要認認真真地洗耳恭聽，聚精會神，切不可一心二用，所答非所問。那樣做，必定會得罪於人。千萬不要在招待來賓時忙

於處理其他事務。例如,打電話、發傳真、批閱文件、尋找
材料,或是與其他同事交談,等等。萬一非得中途暫時離開
一下,或是去接一下電話,事先別忘記要向來賓表示歉意。
最好不要在同一時間內在同一地點接待來自不同地方的人士。
要是遇上了這種情況,可按「先來後到」的順序接待,也可
以安排其他人員分別予以接待。

客人離開時,要熱情挽留,在一般情況之下,不論賓主雙
方會晤的具體時間的長度有無約定,客人的告辭均須由對方
首先提出。主人首先提出來送客,或是以自己的動作、表情
暗示厭客之意,都是極其不禮貌的。當來賓提出告辭時,主
人通常應對其加以熱情挽留。可告之對方自己「不忙」,或
是請對方「再坐一會兒」。若來賓執意離去,主人可在對方
率先起身後起身相送。

第六課

交際應酬

》 背景 《

珍寶王國由座落於香港仔避風塘內的珍寶海鮮舫和太白海鮮舫組成，是國際知名的旅遊景點之一，也是香港南部的重要地標之一。從上世紀五十年代至今，珍寶王國已經逐漸發展成為集高級飲食、消閒及文化於一身的海上主題公園。現在是週四的下班時間，黃經理和李明在電梯裡相遇。

》 對話 《

 06-00.mp3

黃經理：
lǐ míng　　zhōu mò nǐ dǎ suan qù nǎr a
李 明 ， 週 末 你 打 算 去 哪兒 啊 ？

李　明：
wǒ hé jǐ gè tóng shì yào qù zhēn bǎo hǎi xiān fǎng chī fàn
我 和 幾 個 同 事 要 去 珍 寶 海 鮮 舫 吃飯。

huáng jīng lǐ　　nín yǒu shén me ān pái ma
黃　經 理 ， 您 有 什 麼 安 排 嗎 ？

黃經理：
wǒ yuán běn yuē le wáng jīng lǐ chī fàn　　kě shì tā lín shí
我 原 本 約 了 王 經 理 吃 飯 ， 可 是 他 臨 時

yǒu shì　　qù bù liǎo le
有 事 ， 去 不 了 了 。

李　明：
nà nín yě hé wǒ men qù chī hǎi xiān ba　　zhèng hǎo zán
那 您 也 和 我 們 去 吃 海 鮮 吧 。 正 好 咱

men bù mén de xiǎo lǐ guò shēng ri　　yì qǐ qìng zhù yí
們 部 門 的 小 李 過 生 日 ， 一 起 慶 祝 一

xià
下 。

黃經理：你們什麼時候去啊？

李　明：週五晚上八點。

黃經理：行，我和你們一起去熱鬧熱鬧。珍寶海鮮舫我也是久聞大名啊。

李　明：太好了，黃經理。珍寶海鮮舫是世界上最大的海上食府，不僅可以品嚐美味的海鮮、各式的點心，還可以欣賞美麗的海景。

黃經理：是啊，香港不愧是美食天堂，我來香港工作快一年了，各地的美食也嚐了不少，這次就去試試這家香港特色的水上餐廳吧。

李　明：我保證您一定會不虛此行。吃完飯

wǒ men hái dǎ suan qù lán guì fāng hē jiǔ　　bú zuì bù
我 們 還 打 算 去 蘭 桂 坊 喝 酒 ， 不 醉 不

guī
歸 。

黃經理：
hē jiǔ jiù suàn le ba　　wǒ bú shàn yǐn
喝 酒 就 算 了 吧 ， 我 不 善 飲 。

李 明：
zhōng huán de lán guì fāng kě shì xiāng gǎng yǒu míng de jiǔ
中 環 的 蘭 桂 坊 可 是 香 港 有 名 的 酒

bā jiē　　shì jiè gè dì de měi shí měi jiǔ　　yīng yǒu jìn
吧 街 ， 世 界 各 地 的 美 食 美 酒 ， 應 有 盡

yǒu
有 。

黃經理：
hǎo ba　　nà wǒ jiù hé nǐ men qù jiàn shi jiàn shi
好 吧 ， 那 我 就 和 你 們 去 見 識 見 識 。

李 明：
hǎo　　míng wǎn bā diǎn　　bú jiàn bú sàn
好 ， 明 晚 八 點 ， 不 見 不 散 。

一、語音知識：鼻韻母

鼻韻母是由母音加鼻輔音構成的韻母，共有 16 個，包括前鼻
音韻母 an、en、in、uan、uen、ian、üan、ün，以及後鼻音
韻母 ang、iang、uang、eng、ueng、ing、ong、iong。

分類	複韻母	例詞		發音方法
前鼻音韻母	an	tán pàn 談 判	zhǎn lǎn 展 覽	發音時，從前面的母音滑到後面的鼻輔音上，舌尖抵住上齒齦形成阻塞，讓氣流通過鼻腔流出。
	en	gēn běn 根 本	mén zhěn 門 診	
	in	xīn jīn 薪 金	yīn qín 殷 勤	
	uan	huán kuǎn 還 款	zhuǎn wān 轉 彎	
	uen	wēn shùn 溫 順	lùn wén 論 文	
	ian	qiàn qián 欠 錢	jiān xiǎn 艱 險	
	üan	quán yuán 泉 源	quán quán 全 權	
	ün	jūn yún 均 匀	qūn xún 逡 巡	
後鼻音韻母	ang	bāng máng 幫 忙	chǎng fáng 廠 房	發音時，從前面的母音滑到後面的鼻輔音上，舌根抵住軟齶形成阻塞，讓氣流通過鼻腔出來。
	iang	xiǎng liàng 響 亮	jiāng yáng 江 洋	
	uang	zhuàng kuàng 狀 況	kuáng wàng 狂 妄	
	eng	chéng méng 承 蒙	fēng shèng 豐 盛	
	ueng	wēng 翁	wèng 甕	
	ing	jīng míng 精 明	bìng qíng 病 情	
	ong	gōng zhòng 公 眾	zòng róng 縱 容	
	iong	xiōng yǒng 洶 湧	qióng jiǒng 窮 窘	

二、語音練習 🎧 06-02.mp3

1. 請寫出下列詞語的韻母並朗讀詞語：

鍛煉 d____ l____　　　　謹慎 j____ sh____

觀點 g____ d____　　　　循環 x____ h____

完全 w____ q____　　　　涼爽 l____ sh____

靈通 l____ t____　　　　昌盛 ch____ sh____

傾向 q____ x____

2. 請給下列詞語標上聲母、韻母和聲調：

混亂 _____　　　　繽紛 _____

溫暖 _____　　　　聞名 _____

餐廳 _____　　　　中英 _____

品嚐 _____　　　　天堂 _____

工程 _____

三、容易讀錯的詞和字 🎧 06-03.mp3

cháng jiāng 長 江	——	gāng cái 剛 才
gǎn jué 感 覺	——	gè wèi 各 位
hǎo jiǔ 好 久	——	lǎo gǒu 老 狗
jiū jìng 究 竟	——	zú gòu 足 夠

dǎ jiǎo 打 攪	——	gǎo dìng 搞 定
bì fēng 避 風	——	bǐ fēng 筆 鋒
hǎi xiān 海 鮮	——	tóu xián 頭 銜
měi wèi 美 味	——	mèi mei 妹 妹
qìng zhù 慶 祝	——	qìng zhú nán shū 罄 竹 難 書
yìng chou 應 酬	——	ēn chóu 恩 仇

四、普通話詞彙及知識點

1. 廣東話的「事頭婆」和「契爺」，普通話應說成「老闆娘」和「乾爹」。

例如：（廣東話）事頭婆，呢位係我契爺。

（普通話）老闆娘，這位是我乾爹。

2. 廣東話的「唔該」、「匙羹」，普通話應說成「麻煩你」、「小勺子」。

例如：（廣東話）唔該，俾個匙羹。

（普通話）麻煩你，給我一個小勺子。

3. 廣東話的「飲大左」，普通話應説成「喝高了 / 喝多了」。
   例如：（廣東話）你今晚飲大左，我揾人送你返屋企啦！
   　　　（普通話）你今天晚上喝多了，我找人送你回家吧！

4. 廣東話的「裝飯」，普通話應説成「添飯」。
   例如：（廣東話）你使唔使裝多啲飯？
   　　　（普通話）你要不要多添點兒飯？

5. 廣東話的「食大茶飯」，普通話應分別説成「幹大事」。
   例如：（廣東話）佢哋專食大茶飯。
   　　　（普通話）他們專門幹大事。

五、小笑話  06-05.mp3

服務員：你下「流」嗎？

顧　客：我不下流，我下樓！

服務員：對不起，我的普通話不標準。下樓往前走。

六、請聽錄音，然後朗讀下列句子。  06-06.mp3

　nín zhè ge zhōu mò yǒu shén me dǎ suan
1. 您 這 個 週 末 有 什 麼 打 算 ？

　wǒ duì nà jiā cān tīng kě shì qī dài yǐ jiǔ
2. 我 對 那 家 餐 廳 可 是 期 待 已 久 。

　jīn wǎn zán men yí kuàir qù qìng zhù qìng zhù
3. 今 晚 咱 們 一 塊 兒 去 慶 祝 慶 祝 。

4. 晚宴不僅為您準備了當地美食，還搭配了美酒。
wǎn yàn bù jǐn wèi nín zhǔn bèi le dāng dì měi shí hái dā pèi le měi jiǔ

5. 您有沒有什麼忌口的？
nín yǒu méi yǒu shén me jì kǒu de

6. 這次試試茅台酒，怎麼樣？
zhè cì shì shì máo tái jiǔ zěn me yàng

7. 我們說好了給王經理接風。
wǒ men shuō hǎo le gěi wáng jīng lǐ jiē fēng

8. 哪裡哪裡，我不會喝酒。
nǎ li nǎ li wǒ bú huì hē jiǔ

9. 跟著您一定能大開眼界。
gēn zhe nín yí dìng néng dà kāi yǎn jiè

10. 來，我們一起舉杯吧！
lái wǒ men yì qǐ jǔ bēi ba

七、請回答下列問題。

1. 如何詢問客人忌口情況？

2. 菜品數量如何安排？

3. 為別人慶賀生日（慶生）應該怎麼祝福？

4. 飯局中主人位在哪兒？

5. 敬酒有哪些注意事項？

6. 餐桌上有哪些是禮儀需要注意的？

7. 如何邀請地位高的客人參與飯局？

8. 如果你負責點菜，有哪些注意事項？

9. 自己不勝酒力時，應該如何婉拒對方敬酒又能給足人家面子呢？

10. 請說說飯局中有哪些禁忌。

八、延伸閱讀

參加商務宴會時如何使用筷子

筷子是中餐中最主要的進餐用具。據筷姿勢應規範，進餐需要使用其他餐具時，應先將筷子放下。放筷子時，一定要放在筷子架上，不可放在杯子或盤子上，否則容易被碰掉。若不小心把筷子碰掉在地上，也可請服務員換一雙。在用餐過程中，如果已經舉起筷子，但不知道該吃哪道菜，這時不可將筷子在各碟菜中來回移動或在空中游弋，這樣做非常不禮貌。而且也不要用筷子叉取食物放進嘴裡，或用舌頭舔食筷子上的附著物，更不要用筷子去推動碗、盤和杯子。有事需暫時離席時，不能把筷子抵在碗裡，應將其輕擱在筷架上。在席間說話時，切忌把筷子當道具，隨意亂舞；或是用筷子敲打碗碟桌面，用筷子指點他人。每次用完筷子要輕輕地放下，儘量不要發出響聲。

第七課

保險銷售

>> 背景 <<

英國保誠保險公司，總部位於倫敦，亞洲總部在香港。保誠保險公司為香港地區客戶最多的保險公司之一。公司推出了多款人壽保險產品。黃利民是一位內地商人，因信賴香港完善的保險體系，所以打電話找保險經紀人馬翠婷諮詢投保事宜。

>> 對話 <<　　🎧 07-00.mp3

黃利民：
nǐ hǎo　xiǎo mǎ　wǒ xiǎng gěi wǒ men yì jiā sān kǒu
你 好 ， 小 馬 ， 我 想 給 我 們 一 家 三 口
mǎi yì kuǎn rén shòu bǎo xiǎn　nǐ men gōng sī yǒu hé
買 一 款 人 壽 保 險 ， 你 們 公 司 有 合
shì de chǎn pǐn ma
適 的 產 品 嗎 ？

經紀人：
qǐng fàng xīn　wǒ men kě yǐ gēn jù nín de jiā tíng qíng
請 放 心 ， 我 們 可 以 根 據 您 的 家 庭 情
kuàng lái jìn xíng dìng zhì　zhǔ yào shì zhòng dà jí bìng
況 來 進 行 定 製 ， 主 要 是 重 大 疾 病
de bǎo zhàng hé sī jiā yī yuàn de fú wù
的 保 障 和 私 家 醫 院 的 服 務 。

黃利民：
ng　zhè yě shì wǒ zuì guān xīn de　bǎo é yīng gāi tóu
嗯 ， 這 也 是 我 最 關 心 的 。 保 額 應 該 投
duō shao ne
多 少 呢 ？

經紀人：我們建議您以家庭年收入的5倍作為保額。您家平均年齡為三十歲，這樣每年供款大約為收入的十分之一。

黃利民：我需要準備什麼資料？

經紀人：我們會先為您和家人安排一次體檢，體檢通過以後，您就可以攜帶身份證明來香港簽約了。

黃利民：一定要我過來嗎？

經紀人：是的，根據香港的法律規定，保單必須要在境內簽署才有效。

黃利民：明白了，那之後看病的報銷呢？

經紀人：保單生效後的理賠程序全部可以

tōng guò wǎng luò wán chéng　　qǐng nín fàng xīn
通　過　網　絡　完　成　，　請　您　放　心　。

hǎo de　　qǐng nǐ cǎo nǐ yí fèn jì huà shū gěi wǒ　　wǒ
黃利民：好　的　，　請　你　草　擬　一　份　計　畫　書　給　我　，我

kǎo lǜ kǎo lǜ zài dá fù nǐ
考　慮　考　慮　再　答　覆　你　。

méi wèn tí　　rú guǒ nín hái yǒu shén me yí wèn　　kě yǐ
經紀人：沒　問　題　，　如　果　您　還　有　什　麼　疑　問　，　可　以

suí shí zhǎo wǒ
隨　時　找　我　。

xiè xie　　zài jiàn
黃利民：謝　謝　，　再　見　。

zài jiàn
經紀人：再　見　。

一、語音知識：音節的特點

現代漢語一般是「一字一音」，就是說一個漢字對應一個音節（兒話音是例外，是一個音節對應兩個漢字）。普通話的音節由 21 個聲母和 39 個韻母結合而成，共有 400 多個基本音節，再加上聲調的變化，一共有 1200 多個音節。

一個音節基本上是由聲母、韻母和聲調共同組成的，有以下幾個結構特點：

1. 每個音節都有聲調。有的音節是輕聲，不標調，也叫零聲調。

2. 有的音節沒有聲母，由韻母自成音節，即零聲母音節。

3. 每個音節都必須有韻母。

音節的拼寫也有以下幾點需要注意：

（1）ü 的兩點

ü 和聲母 n、l 相拼時，頭上的兩點不可省略，如 nǚ 女，lǚ 呂，nüè 虐，lüè 略。

ü 和聲母 j、q、x 相拼時，頭上的兩點要省略不寫，如 jū 居，qū 區，xú 徐，jué 決，xué 學，juān 捐，quān 圈，xuǎn 選，jūn 君，qún 群，xún 尋。

（2）ê 的小帽子

ê 可以自成音節。ê 跟在 i、ü 後面組成複韻母 ie、üe 時，ê 上面的小帽子 ˆ 要摘掉不寫：如 liè 列，yuè 月等。

（3）er

er 可以自成音節，如 ér 兒，ěr 耳，èr 二。

er 作為兒話音的韻尾時，只需在前一個音節之後加 r，而省略 e，如 huàr 畫兒，diǎnr 點兒等。

（4）i，u，ü 行的韻母自成音節時，要把 i，u，ü 寫成 y，w 和 yu，例如：

i-	yī（衣），yā（呀），yē（耶），yāo（腰），yōu（優），yān（煙），yīn（因），yāng（央），yīng（英），yōng（雍）
u-	wū（烏），wā（蛙），wō（窩），wāi（歪），wēi（威）， wān（彎），wēn（溫），wāng（汪），wēng（翁）

保險銷售

ü-	yū（迂），yuē（約），yuān（冤），yūn（暈） *ü 上兩點省略不寫

（5）iou，uei，uen 和聲母相拼時，省寫成 iu，ui，un。例如： liú（劉），kuī（虧），gǔn（滾）。

二、語音練習 🎧 07-02.mp3

1. 請寫出下列詞語的拼音並朗讀詞語：

回歸 ____ ____　　　游說 ____ ____　　　資訊 ____ ____

眩暈 ____ ____　　　絕學 ____ ____　　　理賠 ____ ____

英雄 ____ ____　　　約略 ____ ____　　　言論 ____ ____

信賴 ____ ____　　　一點兒 ____ ____

好玩兒 ____ ____

2. 請找出下列拼音的錯誤並加以改正：

綠葉 lù yiè ____ ____

供款 gòng kǎn ____ ____

炊煙 chuēi yiān ____ ____

捐獻 jüān xàn ____ ____

完全 wuán qüán ____ ____

一會兒 yī huèi ér ____ ____

三、容易讀錯的詞和字 07-03.mp3

jiǎng huà 講 話	——	xiāng gǎng huà 香 港 話
sì jì 四 季	——	fù guì 富 貴
jiā jiǎn 加 減	——	kā fēi 咖 啡
hóng jiǔ 紅 酒	——	zǒu lù 走 路
sī wà 絲 襪	——	dòng wù 動 物
huī huò 揮 霍	——	fèi yong 費 用
bǎo xiǎn 保 險	——	bǔ xí 補 習
xiāo shòu 銷 售	——	pò xiǎo 破 曉
rén shòu 人 壽	——	rěn shòu 忍 受
qiān yuē 簽 約	——	qiàn quē 欠 缺

四、普通話詞彙及知識點

1. 廣東話的「好夾」，普通話應説成「很合得來」。
    例如：（廣東話）我同你真係好夾。
    　　　　（普通話）我跟你很合得來。

2. 廣東話的「後生仔」、「後生女」，普通話應説成「年輕小夥子」、「年輕姑娘」。
    例如：（廣東話）你哋D後生仔後生女，快D買醫療保險。
    　　　　（普通話）你們這些年輕人快點兒買醫療保險。

3. 廣東話的「落晒形」、「病貓」，普通話應説成「憔悴不堪」和「病鬼」。
    例如：（廣東話）你點解落晒形，成個病貓咁嘅樣？
    　　　　（普通話）你為什麼憔悴不堪，跟個病鬼似的？

4. 廣東話的「大洗」，普通話應説成「花錢大手大腳」。
    例如：（廣東話）你咁大洗，不如買年金保險幫你儲下錢啦！
    　　　　（普通話）你花錢那麼大手大腳，不如買年金保險幫你攢錢吧！

5. 廣東話的「揾笨」，普通話應分別説成「騙人」。
    例如：（廣東話）我哋係大公司，唔會揾人笨嘅。
    　　　　（普通話）我們是大公司，不會騙人的。

五、小笑話 07-05.mp3

甲：你喜歡什麼樣的女孩子，我幫你找一找。

乙：我喜歡「大眼鏡」的女孩子。

甲：哦，原來你喜歡戴大眼鏡的女孩子。像我媽似的？

乙：不是戴大眼鏡的女孩子，我喜歡長得像趙薇似的，有大大「眼鏡」的女孩子。

甲：好，明白了，你喜歡有一雙大眼睛的女孩子。

乙：對。

六、請聽錄音，然後朗讀下列句子。 07-06.mp3

zuì jìn yǒu méi yǒu hǎo de chǔ xù bǎo xiǎn　　qǐng tuī jiàn yí xià
1. 最近有沒有好的儲蓄保險？請推薦一下。

mǎi de yuè zǎo　　bǎo fèi yuè dī
2. 買得越早，保費越低。

xiàn zài gěi lǎo rén mǎi zhòng jí xiǎn yǒu diǎnr wǎn
3. 現在給老人買重疾險有點兒晚。

zhǐ yào tōng guò tǐ jiǎn　　jiù néng zhōng shēng tóu bǎo
4. 只要通過體檢，就能終生投保。

wǒ xiǎng gěi hái zi jiā dà bǎo é
5. 我想給孩子加大保額。

wǒ hái méi shōu dào nín de lǐ péi shēn qǐng ne
6. 我還沒收到您的理賠申請呢。

nín zhēn shì yòu tǐ tiē yòu xì xīn
7. 您真是又體貼又細心。

8. nín de àn lì yǐ jing bèi shòu lǐ le
您 的 案 例 已 經 被 受 理 了。

9. zhè kuǎn xiǎn zhǒng néng quán miàn fù gài nín suǒ yǒu de xū qiú
這 款 險 種 能 全 面 覆 蓋 您 所 有 的 需 求。

10. nǐ míng tiān lái zhǎo wǒ qiān dān hǎo ma
你 明 天 來 找 我 簽 單,好 嗎?

七、請回答下列問題。

1. 買保險你會最先考慮什麼因素?
2. 為什麼需要客戶親自來本地簽單?
3. 保險經紀人應該具有哪些個人特質?
4. 儲蓄類保險產品最強的推銷點是什麼?
5. 人壽險和理財險,你覺得哪個更重要?
6. 很多名人都會為自己巨額投保,你覺得自己最需要哪一方面的保險?
7. 如何婉拒保險經紀人的推銷?
8. 如果客戶因身體原因無法通過體檢而投保,如何向其解釋?
9. 説説你對保險理財的看法。
10. 請比較一下香港保險業與中國內地保險業的異同之處。

八、延伸閱讀

香港保險業概況

（1）香港是區內最發達的保險市場之一，人均保費支出維持在高水準，吸引多家全球頂級的保險公司來港拓展業務。

（2）2016 年上半年，香港保險業的毛保費總額按年增加 14% 至 2,075 億港元（266 億美元）。長期保險業務佔約 88%，其餘 12% 為一般保險業務。

（3）2016 年首三季，中國內地保費收入增長 32.2%，長期保險及一般保險業務分別增長 37.0% 及 7.8%。

（4）除中國內地加入世貿後實施的市場開放措施外，香港保險業及相關專業人士亦可從內地與香港簽署的《更緊密經貿關係安排》（CEPA）獲益，較易進入內地保險市場。

第八課

銀行業務

銀行業務

》 背景 《

香港滙豐銀行的主要業務可分為兩類：一是工商銀行業務，
包括專案方面的貸款與房地產貸款、進出口押匯與票據托收、
證券託管與股票業務、外匯資金安排等四個方面；二是零售
銀行業務，如存儲帳戶、匯款、旅行支票、信用卡、商戶服
務等。滙豐銀行還為客戶提供房地產按揭貸款等業務。今天，
內地商人吳女士來到滙豐銀行中環總行，程經理負責接待她。

》 對話 《   08-00.mp3

程經理：您好，請問您想辦理什麼業務？
nín hǎo　　qǐng wèn nín xiǎng bàn lǐ shén me yè wù

吳女士：我想換錢，請問今天港幣對人民
wǒ xiǎng huàn qián　　qǐng wèn jīn tiān gǎng bì duì rén mín
幣的匯率是多少？
bì de huì lǜ shì duō shao

程經理：請借我您的身份證和銀行卡，我
qǐng jiè wǒ nín de shēn fen zhèng hé yín háng kǎ　　wǒ
幫您查詢一下。吳女士，今天的匯率
bāng nín chá xún yí xià　　wú nǚ shì　　jīn tiān de huì lǜ
是一百港幣兌八十八塊人民幣。
shì yì bǎi gǎng bì duì bā shí bā kuài rén mín bì

吳女士：麻煩你幫我從儲蓄戶口取一萬港幣，
má fan nǐ bāng wǒ cóng chǔ xù hù kǒu qǔ yí wàn gǎng bì
換成人民幣。
huàn chéng rén mín bì

程經理：好的，幫您存入支票戶口？還是您提取現金？

吳女士：要現金吧。

程經理：請稍等。這是現金八千八百塊，請您清點一下，然後在表格上簽字。

（吳女士清點了現金，並簽了字）

吳女士：另外，我這個月信用卡要還多少錢？

程經理：吳女士本月信用卡結欠五千六百元，下個月3號到期。

吳女士：現在可以還嗎？

程經理：在櫃檯還款需要收取三十元手續

費，我建議您可以去自動櫃員機轉
fèi wǒ jiàn yì nín kě yǐ qù zì dòng guì yuán jī zhuǎn

帳，或者直接在網上銀行操作。
zhàng huò zhě zhí jiē zài wǎng shàng yín háng cāo zuò

吳女士：好的，謝謝。
hǎo de xiè xie

程經理：不客氣，請問還有什麼可以幫您的
bú kè qi qǐng wèn hái yǒu shén me kě yǐ bāng nín de

嗎？
ma

吳女士：沒有了，再見。
méi yǒu le zài jiàn

程經理：再見。
zài jiàn

一、語音知識：隔音符號和標調方法

1. 隔音符號

以 a，o，e 開頭的音節在連接於其他音節之後的時候，
會令音節的界限發生混淆，這就需要用隔音符號 ' 隔開。
例如：

皮襖（pí'ǎo）

西安（xī'ān）

悲哀（bēi'āi）

海鷗（hǎi'ōu）

感恩（gǎn'ēn）
嫦娥（cháng'é）

2. 標調方法

1）聲調符號應該標在主要母音上，一般來說，就是依據 a-o-e-i-u-ü 的優先次序來標調。例如：

hái	hēi	kào	juān	qún	shàng
孩	黑	靠	娟	裙	尚

2）-iu 和 -ui 組成的音節是例外，聲調總是標在居後的母音上。例如：

jiǔ	niú	xiū	huí	duì	tuī
酒	牛	休	回	對	推

3）當調號標在母音 i 的上面時，i 上的小點要省去。例如：

jí	qín	xíng	huì
級	秦	行	會

4）輕聲的音節不用標調號。例如：

wǒ men	míng bai
我 們	明 白

二、語音練習　🎧 08-02.mp3

1. 請寫出下列詞語的拼音並朗讀詞語：

配偶 ＿＿＿ ＿＿＿　　保安 ＿＿＿ ＿＿＿　　差額 ＿＿＿ ＿＿＿

捐獻 ＿＿＿ ＿＿＿　　群眾 ＿＿＿ ＿＿＿　　流水 ＿＿＿ ＿＿＿

敗退 ＿＿＿ ＿＿＿　　千億 ＿＿＿ ＿＿＿　　星球 ＿＿＿ ＿＿＿

儲蓄 ＿＿＿ ＿＿＿　　匯率 ＿＿＿ ＿＿＿　　糧食 ＿＿＿ ＿＿＿

2. 請給下列詞語的拼音加上正確的調號和隔音符號：

明白 mingbai 　　　　　先生 xiansheng

平安 pingan 　　　　　　玩偶 wanou

咳嗽 kesou 　　　　　　默哀 moai

三、容易讀錯的詞和字 08-03.mp3

huī huò 揮霍	——	shǒu xù fèi 手續費
qíng kuàng 情況	——	fàng xīn 放心
xiàng mù 項目	——	háng zhōu 杭州
xiū xi 休息	——	yōu xiān 優先
yí chǎn 遺產	——	zhōu wéi 周圍
zǒng bù 總部	——	wǎn bào 晚報
shǒu xù 手續	——	zhóu xiàn 軸線
wǎng shang 網上	——	wǎn shang 晚上
chéng jīng lǐ 程經理	——	chén jīng lǐ 陳經理

四、普通話詞彙及知識點

1. 廣東話的「碌卡」，普通話應説成「刷卡」。
    例如：（廣東話）二千蚊，碌卡得唔得？
    　　　（普通話）兩千塊，刷卡行不行？

2. 廣東話在文件上「簽名」，普通話應説成「簽字」。
    例如：（廣東話）麻煩你在提款單上簽個名。
    　　　（普通話）麻煩您在提款單上簽個字。

3. 廣東話的「厄錢」、「得個吉」，普通話應説成「騙錢」
    和「一場空」。
    例如：（廣東話）小心哋，唔好俾人厄錢，到頭來得個吉！
    　　　（普通話）小心點兒，別讓人把錢騙了，到頭來一
    　　　場空！

4. 廣東話的「儲儲埋埋」，普通話應説成「攢起來」。
    例如：（廣東話）唔好睇佢著得咁普通，佢儲儲埋埋好多
    　　　錢㗎。
    　　　（普通話）別看他穿得那麼普通，他攢了好多錢。

5. 廣東話的「買樓」、「搵銀行」、「按揭」，普通話應分
    別説成「買房」、「找銀行」和「按揭」或「房貸」。
    例如：（廣東話）我哋買左樓，依家搵銀行做按揭。
    　　　（普通話）我們買了房子，現在找銀行辦房貸。

五、小笑話 🎧 08-05.mp3

甲：志強，你去哪兒？

乙：我去 7-11 買「包子」。

甲：買豬肉包還是菜肉包？

乙：我不是去買「包子」，是去買「包子」，買經濟日報。

甲：哦，原來你是去買報紙。

乙：對。

六、請聽錄音，然後朗讀下列句子。 🎧 08-06.mp3

wú lùn cún qián hái shi qǔ qián dōu hěn fāng biàn
1. 無 論 存 錢 還 是 取 錢 都 很 方 便 。

kuà jìng zhuǎn zhàng yè wù zàn shí hái méi kāi tōng
2. 跨 境 轉 帳 業 務 暫 時 還 沒 開 通 。

diàn huì xū yào zhī fù yì xiē shǒu xù fèi
3. 電 匯 需 要 支 付 一 些 手 續 費 。

jīn tiān měi jīn zhǎng le bù shǎo
4. 今 天 美 金 漲 了 不 少 。

nín cún xiàn jīn hái shi zhī piào
5. 您 存 現 金 還 是 支 票 ？

qǐng bāng wǒ cún shí wàn gǎng bì dìng qī
6. 請 幫 我 存 十 萬 港 幣 定 期 。

kāi hù xū yào jū mín shēn fèn zhèng
7. 開 戶 需 要 居 民 身 份 證 。

bào qiàn   jīn tiān bàn bù liǎo le
8. 抱 歉 ， 今 天 辦 不 了 了 。

nín de zhuǎn zhàng kě yǐ mǎ shàng dào zhàng
9. 您 的 轉 帳 可 以 馬 上 到 帳 。

yīn wèi yǒu le wǎng shàng yín háng　　wǒ zài yě bú yòng pái duì
10. 因 為 有 了 網 上 銀 行 ， 我 再 也 不 用 排 隊
le
了 。

七、請回答下列問題。

1. 銀行開戶需要哪些檔？

2. 哪些業務需要收取手續費？

3. 哪些業務需要事先跟銀行預約？

4. 書寫支票有哪些注意事項？

5. 電子銀行可以辦理哪些業務？

6. 在香港，信用卡逾期還款會有什麼後果？

7. 你發現信用卡被盜刷了，應該保留哪些證據？

8. 中國的銀行對跨境提取外匯有什麼限制？

9. 如果客戶投訴他在自動取款機取到了假幣，你可以怎樣與其溝通？

10. 客戶貸款申請被拒絕，請試著向客戶解釋原因。

八、延伸閱讀

香港銀行業概覽

香港是全球銀行機構密度最高的城市之一，全球百大銀行中，約 70 家在香港營運業務。截至 2016 年 12 月底為止，香港共有 195 家認可銀行機構以及 57 家外資銀行的代表辦事處。

香港市場透明度高，嚴格執行披露規定，並且審慎監管金融機構。這些因素令香港成為區內重要的金融中心。某金融機構於 2016 年 9 月公佈的全球金融中心指數中，香港排名第四。同時，香港憑藉跨境貿易人民幣結算計畫及相關金融活動，已躋身為舉足輕重的人民幣離岸中心。

證券投資

❯❯ 背景 ❮❮

海通國際證券有限公司是一家立足香港，面向全球的國際金融機構，致力於成為連接中國與海外資本市場的橋樑。海通國際證券有限公司提供於香港交易所交易，以港幣或人民幣結算的股票、衍生權證、牛熊證以及交易所買賣基金（ETF）的買賣、股權分派，申購新股等服務。

❯❯ 對話 ❮❮   🎧 09-00.mp3

張女士：
nǐ hǎo   xiǎo mǎ   wǒ gāng zài xiāng gǎng kāi le yí ge
你 好 ， 小 馬 ， 我 剛 在 香 港 開 了 一 個

zhèng quàn hù kǒu   xiǎng xiàng nǐ liǎo jiě yì xiē tóu zī
證 券 戶 口 ， 想 向 你 瞭 解 一 些 投 資

xùn xī
訊 息 。

馬經理：
zhāng nǚ shì de shōu yì yù qī hé fēng xiǎn piān hào zěn
張 女 士 的 收 益 預 期 和 風 險 偏 好 怎

me yàng   xiàn jiē duàn dà gài zhǔn bèi tóu zī duō shao ne
麼 樣 ？ 現 階 段 大 概 準 備 投 資 多 少 呢 ？

張女士：
wǒ zhǔn bèi ná yì bǎi wàn gǎng bì zuò běn jīn   tóu zī qī
我 準 備 拿 一 百 萬 港 幣 做 本 金 ， 投 資 期

dà yuē wéi wǔ nián   xī wàng nián shōu yì lǜ zài bǎi fēn
大 約 為 五 年 ， 希 望 年 收 益 率 在 百 分

zhī shí zuǒ yòu   fēng xiǎn bú yào tài gāo   nǐ yǒu shén
之 十 左 右 ， 風 險 不 要 太 高 ， 你 有 什

me tuī jiàn ma
麼 推 薦 嗎 ？

馬經理：根據您的情況，我覺得有幾款混合型基金挺適合您的，收益可以達到要求，風險也比較低。

張女士：我想看看它們的詳細資料和過去三年的盈虧數據。

馬經理：沒問題，稍後我通過電郵傳給您。

張女士：港股方面呢？

馬經理：最近銀行板塊比較熱門，漲勢很好，我們有一份分析報告可以給您參考。

張女士：那太好了。聽說能源板塊最近表現也很不錯，你的看法如何？

馬經理：近期石油等原材料價格大漲，對能

yuán bǎn kuài yǒu cì jī zuò yòng　　dàn shì bō dòng jiào
源　板　塊　有　刺　激　作　用　，　但　是　波　動　較

dà　xū yào liú yì fēng xiǎn
大，需　要　留　意　風　險　。

張女士：
yě qǐng nǐ tiāo liǎng dào sān kuǎn zuì yǒu qián lì de　　yì
也　請　你　挑　兩　到　三　款　最　有　潛　力　的，一

qǐ bǎ zī liào chuán gěi wǒ ba
起　把　資　料　傳　給　我　吧。

馬經理：
míng bai　　rú guǒ nín fāng biàn de huà　　wǒ hái kě yǐ
明　白。如　果　您　方　便　的　話　，　我　還　可　以

dāng miàn gēn nín jiè shào
當　面　跟　您　介　紹　。

張女士：
xià yuè chū wǒ huì qù yí tàng xiāng gǎng　　wǒ xiān kàn kan
下　月　初　我　會　去　一　趟　香　港　，　我　先　看　看

zī liào　　zhī hòu zài yuē nǐ xiáng tán
資　料　，　之　後　再　約　你　詳　談　。

馬經理：
hǎo de　　děng nín de xiāo xi
好　的　，　等　您　的　消　息　。

一、語音知識：變調（一）

在我們説一段話時，由於受到前後音節的影響，每個音節的
聲調都會自然產生一些變化，有的變化很細微，而有的變化
則很明顯，我們把這種有規律的聲調調值的變化叫作變調。
普通話的變調主要有第三聲（上聲）的變調和「一、不」的
變調。

「三聲」變調

1. 第三聲的音節在單唸或者在詞語和句子的末尾時聲調不變，仍保留其原來的調值 214。例如：

   港（gǎng）　　　　景（jǐng）　　　　起（qǐ）
   身體（shēntǐ）　　民主（mínzhǔ）　　歷史（lìshǐ）
   通情達理（tōngqíngdálǐ）
   文化傳統（wénhuàchuántǒng）

2. 第三聲的音節在第一、第二、第四聲的音節之前時，只降不升，變為半三聲，調值為 211。例如：

   本金（běnjīn）　　酒吧（jiǔbā）　　　寫生（xiěshēng）
   旅行（lǚxíng）　　可能（kěnéng）　　股權（gǔquán）
   股票（gǔpiào）　　漲勢（zhǎngshì）　板塊（bǎnkuài）

3. 兩個第三聲的音節連讀時，前一個三聲讀升調，像第二聲，調值接近 35，但書寫時仍標註三聲的符號。

   保險：實際讀音為（báoxiǎn）
   　　　書寫時仍寫作（bǎoxiǎn）
   旅館：實際讀音為（lǘguǎn）
   　　　書寫時仍寫作（lǚguǎn）
   可以：實際讀音為（kéyǐ）
   　　　書寫時仍寫作（kěyǐ）
   蒙古：實際讀音為（ménggǔ）
   　　　書寫時仍寫作（měnggǔ）

廣場：實際讀音為（guángchǎng）
　　　書寫時仍寫作（guǎngchǎng）
港股：實際讀音為（gánggǔ）
　　　書寫時仍寫作（gǎnggǔ）

4.　三個第三聲的音節連讀時，常常由於詞語的內部結構而形
　　成兩種不同的讀法。
　　一種是「雙－單」格詞語，也被稱為 2+1 模式，前兩個
　　音節都變為第二聲的升調 35。例如：

展覽 --- 館（zhǎnlǎn---guǎn）
保守 --- 黨（bǎoshǒu---dǎng）

　　另一種是「單－雙」格詞語，也被稱為 1+2 模式，第一
　　個音節讀半三聲 211，第二個音節讀第二聲 35。例如：

李 --- 小姐（lǐ ---xiǎojie）
買 --- 保險（mǎi---bǎoxiǎn）

5.　三個以上的第三聲音節連讀時，往往先按照語意劃分成詞
　　語單位，再依照以上的變調規律來讀。例如：

我也 --- 很好。（wǒ yě---hěn hǎo。）

伍老闆 -- 有 -- 好手錶。（wǔ lǎobǎn--yǒu--hǎo shǒubiǎo）

二、語音練習　🎤 09-02.mp3

請找出下列句子中聲調發生變化的第三聲字，並標出變化後的聲調：

（1）總統是民主選舉出來的。

（2）我想去美麗的內蒙古旅行。

（3）有些傳統習俗可能很保守。

（4）我演講的題目是《美好的理想》。

三、容易讀錯的詞和字　🎤 09-03.mp3

wán zhěng 完 整	——	yuán zhǔ 原 主
lǎo wēng 老 翁	——	yōng hù 擁 護
zhāo xī 朝 夕	——	jiāo lǜ 焦 慮
chāo guò 超 過	——	qiāo qiāo 悄 悄
hěn shǎo 很 少	——	hěn xiǎo 很 小
zī xùn 資 訊	——	xìn xī 信 息
zhèng quàn 證 券	——	shì juàn 試 卷

shōu yì 收 <u>益</u>	——	shǒu yì 手 <u>藝</u>
qián lì 潛 <u>力</u>	——	yíng lì 盈 <u>利</u>

四、普通話詞彙及知識點

1. 廣東話的「喊苦喊忽」，普通話應説成「哭哭啼啼」。
   例如：（廣東話）股災啫唔使喊哭喊忽。
   　　　（普通話）只不過是一場股災，不用哭哭啼啼的。

2. 廣東話的「失魂魚」，普通話應説成「驚慌失措、稀裡糊塗的人」。
   例如：（廣東話）呢個失魂魚，佢唔記得股票帳戶嘅密碼，
   　　　　　　　嚟次大鑊！
   　　　（普通話）這個人真糊塗，居然忘了股票帳戶的密碼，這回麻煩大了！

3. 廣東話的「大閘蟹」或「被綁」，普通話應説成「套牢」或「給套住」。
   例如：（廣東話）呢排股市跌得咁犀利，我哋錢被綁住咗，做咗大閘蟹。
   　　　（普通話）最近股市掉得那麼厲害，我的錢都給套住了。

4. 廣東話的「止蝕」，普通話應說成「止損」。
   例如：（廣東話）炒股票要識止蝕。
   　　　（普通話）炒股票要會止損。

5. 廣東話的「長揸」、「短炒」，普通話應分別說成「長期
   持有」和「短期炒賣」。
   例如：（廣東話）短炒衰股不如長擄好股。
   　　　（普通話）短期炒賣壞股票，不如長期持有好股票。

五、小笑話 09-05.mp3

甲：「睡覺一晚」多少錢？

服務員：我們這裡不能睡覺，要睡你去對面那家旅館睡去。

甲：我不是想睡覺，我想吃「睡覺」。

服務員：哦，原來你想吃水餃。

甲：對。

服務員：那你坐吧，我們這兒的水餃二十塊一碗。

六、請聽錄音，然後朗讀下列句子。 09-06.mp3

gǎng gǔ jìn rì zhǎng shì xǐ rén
1. 港 股 近 日 漲 勢 喜 人 ！

mǎn cāng de huà　　fēng xiǎn jiù tài gāo le
2. 滿 倉 的 話 ， 風 險 就 太 高 了 。

gòu mǎi jī jīn shì zuì wěn dang de
3. 購 買 基 金 是 最 穩 當 的 。

4. 您的投資只要兩年就能收回成本。
<small>nín de tóu zī zhǐ yào liǎng nián jiù néng shōu huí chéng běn</small>

5. 除此之外，互聯網板塊也得留意。
<small>chú cǐ zhī wài　hù lián wǎng bǎn kuài yě děi liú yì</small>

6. 我去香港開戶吧。
<small>wǒ qù xiāng gǎng kāi hù ba</small>

7. 最近市場有一點兒波動。
<small>zuì jìn shì chǎng yǒu yì diǎnr bō dòng</small>

8. 明白了，我馬上替您交割。
<small>míng bai le　wǒ mǎ shàng tì nín jiāo gē</small>

9. 我非常看好這隻潛力股。
<small>wǒ fēi cháng kàn hǎo zhè zhī qián lì gǔ</small>

10. 我沒找到那家公司的財務報告。
<small>wǒ méi zhǎo dào nà jiā gōng sī de cái wù bào gào</small>

七、請回答下列問題。

1. 你更看重風險還是收益？
2. 證券帳戶與銀行帳戶有什麼區別？
3. 如何把控客戶的投資風險？
4. 請試著向你的客戶推薦一隻股票。
5. 股票交易員有哪些權限？
6. 請說說恒生指數和滬深 300 指數的特點。
7. 買政府債券有哪些利與弊？
8. 請說一個你比較看好的港股板塊並說明原因。
9. 如果客戶質疑你對股票或基金的選擇，你會怎麼辦？
10. 如果你為客戶帶來了虧損，應該如何解釋？

八、延伸閱讀

股神的愛股

　　美國股神沃倫・巴菲特從小就是數學天才。他熱愛機率的計算，並且記憶力過人。21 歲的時候，個性內向的巴菲特在報紙上發表了文章《我最喜愛的一隻股票》。那時候的巴菲特還只是「小巴」，在投資界毫無名氣。

　　但是，這篇文章體現出了巴菲特對股票的深入的分析能力和選擇股票獨特的視角。正是這篇文章，讓巴菲特贏得了一份在當時著名的投資公司的工作。但是，由於某些原因，巴菲特沒有得到許可，無法離開家鄉。他只好放棄這個絕好的機會。但是，塞翁失馬，焉知非福。如果巴菲特到投資公司工作，為別人打一輩子的工，也許這個世界上就少了一個股神和首富，多了一個成功的高級打工仔。時至今日，巴菲特已經榮登世界富豪榜前十位了。「老巴」依然用自己所熟悉的投資方式來進行股票投資。並且他仍然鍾愛這隻股票。它就是 GEICO 保險公司。

第十課

房地產仲介

房地產仲介

≫ 背景 ≪

香港樓價貴絕全球，於是香港特區政府推出抑制樓市過熱的政策。從 2016 年 11 月 5 日起，香港全面提高買賣住宅物業印花稅率，無論交易價格，稅率劃一調高至交易額的 15%。交易時無物業的港人，可獲豁免新稅率。除指定豁免外，新稅率適用於所有個人或公司購買住宅物業的交易。而此前香港政府一直對非香港永久居民購房徵收 15% 的買家印花稅，這一政策將繼續沿用，也就是說非香港永久居民在港置業繳的稅率將達房價 30%。內地買家張太太想買一套房子，今天她走進了一家地產仲介公司。

≫ 對話 ≪   10-00.mp3

經紀人：
nín hǎo　qǐng wèn yǒu shén me kě yǐ bāng dào nín
您好，請問有什麼可以幫到您？

張太太：
nǐ hǎo　wǒ xiǎng kàn kan zhèr fù jìn de fáng zi
你好，我想看看這兒附近的房子。

經紀人：
qǐng wèn nín shì xiǎng mǎi fáng zi hái shi zū fáng zi　yù
請問您是想買房子還是租房子？預
suàn shì duō shao　wǒ bāng nín kàn kan
算是多少？我幫您看看。

張太太：
wǒ xiǎng zài zhèr fù jìn mǎi fáng zi　xīn fáng huò èr
我想在這兒附近買房子，新房或二
shǒu fáng dōu kě yǐ　yù suàn dà gài shì　wàn zuǒ yòu
手房都可以，預算大概是800萬左右。

經紀人：qǐng wèn nín xiǎng yào shén me yàng de hù xíng ne
請問您想要什麼樣的戶型呢？

張太太：liǎng jū huò zhě sān jū dōu kě yǐ　zuì zhòng yào de shì
兩居或者三居都可以，最重要的是

jiāo tōng fāng biàn　cǎi guāng hǎo　hái yǒu jǐng guān
交通方便，採光好，還有景觀

hǎo
好。

經紀人：hǎo de　nín shāo děng　wǒ bāng nín chá yí xià　wǒ
好的，您稍等，我幫您查一下。我

men zhè ge qū zuì jìn yǒu liǎng ge xīn lóu pán　zhǔ dǎ de
們這個區最近有兩個新樓盤，主打的

dōu shì xiǎo hù xíng　shì yóu xiāng gǎng zuì yǒu míng de
都是小戶型，是由香港最有名的

fáng dì chǎn kāi fā shāng xīn hóng jī dì chǎn jiàn de
房地產開發商新鴻基地產建的，

zhì liàng jué duì guò guān　jiāo tōng fēi cháng biàn lì
質量絕對過關，交通非常便利，

fù jìn yǒu dì tiě zhàn hé bā shì zhàn　liǎng jū de shí
附近有地鐵站和巴士站。兩居的實

yòng miàn jī dà yuē yǒu　píng fāng chǐ　cǎi guāng hǎo
用面積大約有450平方呎。採光好

de liǎng jū mài jià dà yuē wéi　wàn zuǒ yòu　xiàn zài
的兩居賣價大約為750萬左右。現在

zuì pián yi de liǎng jū mài　wàn　zài sān lóu　bù
最便宜的兩居賣600萬，在三樓，不

zhī dao nín yǒu mei yǒu xìng qù
知道您有沒有興趣？

房地產仲介

張太太： 那如果是高層景觀好的三居大概是什麼價錢？

經紀人： 高層景觀好的三居，價錢要1200萬左右，請問您是香港永久居民嗎？如果不是的話，需要繳付雙倍的印花稅。

張太太： 好的，我想兩居和三居都看看，對比一下再做決定。請問最快什麼時候可以看房？

經紀人： 這兩個樓盤都是去年十月開售的，百分之七十的房子已經售出了。現在高層只剩下兩套三居的了。這兩套房子都有鑰匙，現在就可以看房，如果您時間方便的話，我馬上就可

yǐ ān pái nín qù kàn fáng zi
以 安 排 您 去 看 房 子 。

tài hǎo le　　xiè xie nǐ
張太太：太 好 了 ， 謝 謝 你 。

一、語音知識：變調（二）

「一」和「不」的變調

1.　「一」的本調是第一聲，「不」的本調是第四聲。「一、
不」在單唸或者出現在詞尾時讀本調，例如：

yī　　　　　　dì yī　　　　　qiān lǐ tiāo yī
一　　　　　　第一　　　　　千 裡 挑 一

bù　　　　　　yào bù　　　　wǒ piān bù
不　　　　　　要 不　　　　 我 偏 不

2.　「一、不」出現在第四聲或者輕聲之前時唸第二聲升調，
例如：

yí gòng　　　yí dìng　　　　yí qiè
一 共　　　　一 定　　　　 一 切

yí kè　　　　 yí gè　　　　　yí lǜ
一 刻　　　　一 個　　　　 一 律

bú duì　　　　bú guò　　　　bú dàn
不 對　　　　不 過　　　　 不 但

bú bì　　　　 bú biàn　　　　bú gòu
不 必　　　　不 便　　　　 不 夠

3. 「一、不」出現在其他聲調（第一聲、二聲、三聲）之前時，都唸第四聲降調，例如：

yì qī	yì qí	yì qǐ
一 期	一 齊	一 起

yì tōng	yì tóng	yì tǒng
一 通	一 同	一 桶

bù ān	bù chéng	bù jiǔ
不 安	不 成	不 久

bù gān	bù dí	bù gǎn
不 甘	不 敵	不 敢

4. 「一、不」夾在疊用詞中間唸輕聲，例如：

shì yi shì	tīng yi tīng	kàn yi kàn
試 一 試	聽 一 聽	看 一 看

děng yi děng	cháng yi cháng	shǔ yi shǔ
等 一 等	嚐 一 嚐	數 一 數

yào bu yào	hǎo bu hǎo	qù bu qù
要 不 要	好 不 好	去 不 去

duì bu duì	xíng bu xíng	rè bu rè
對 不 對	行 不 行	熱 不 熱

二、語音練習　🔊 10-02.mp3

1. 請朗讀下列詞組，並注意「一、不」的聲調變化。

一心一意	一生一世	一草一木
一言一行	一針一線	不乾不淨
不屈不撓	不知不覺	不聞不問

2. 請給下列詞語中的「一」和「不」標上正確的聲調：

一直（　） 　　一致（　） 　　一條龍（　）

一下（　） 　　一般（　） 　　一萬年（　）

不定（　） 　　不錯（　） 　　不見不散（　）（　）

不管（　） 　　不行（　） 　　不離不棄（　）（　）

三、容易讀錯的詞和字　🔊 10-03.mp3

jiù yào 就 要	zòu xiào 奏 效
qiū shuǐ 秋 水	chōu shuǐ 抽 水
xiū lǐ 修 理	shōu lǐ 收 禮
zūn guì 尊 貴	zhuān guì 專 櫃
nóng cūn 農 村	nòng chuān 弄 穿
yìn huā shuì 印 花 稅	fā shòu 發 售
lóu pán 樓 盤	liú hàn 流 汗
zū fáng 租 房	zǔ wū 祖 屋
yǒng jiǔ 永 久	cōng yǐng 聰 穎
jiāo tōng 交 通	jiāo ào 驕 傲

四、普通話詞彙及知識點

1. 廣東話的「苦瓜乾咁嘅面」，普通話應説成「愁眉苦臉」。
   例如：（廣東話）唔使苦瓜乾咁嘅面，你努力儲錢，遲早
   　　　　　　買到樓嘅。
   　　　　（普通話）不用愁眉苦臉的，你努力攢錢，早晚能
   　　　　　　買上房子。

2. 廣東話的「笑口噬噬」，普通話應説成「笑容滿面」。
   例如：（廣東話）你近排笑口噬噬咁，梗係炒樓賺到好多
   　　　　　　錢啦！
   　　　　（普通話）你最近笑容滿面的，一定是炒房賺到好
   　　　　　　多錢吧！

3. 廣東話的「拾下拾下」，普通話應説成「傻乎乎」。
   例如：（廣東話）你醒吡啦，唔好再拾下拾下啦。
   　　　　（普通話）你聰明點兒，別再傻乎乎了。

4. 廣東話的「識講嘢」、「氹人開心」，普通話應説成「會
   説話」和「哄人開心」。
   例如：（廣東話）你真識講嘢，氹得人好開心。
   　　　　（普通話）你真會講話，把人哄得那麼開心。

5. 廣東話的「樓底」，普通話應分別説成「層高」。
   例如：（廣東話）呢間屋樓底咁矮，好有壓迫感。
   　　　　（普通話）這套房子的層高那麼低，感覺很壓抑。

五、小笑話 10-05.mp3

甲：我昨天看了一部叫「男色海灘」的電影。

乙：什麼？你看「小電影」了？

甲：不是，我看的是昨天剛上演的美國電影「男色海灘」。

乙：哦，原來你看了電影《藍色海灘》。怎麼樣？好看嗎？

甲：很好看。《藍色海灘》真精彩！

六、請聽錄音，然後朗讀下列句子。 10-06.mp3

1. xiàn zài zū fáng zi bǐ mǎi fáng zi huá suàn
   現在租房子比買房子划算。

2. zhè yí dài lián èr shǒu lóu pán dōu hěn qiǎng shǒu
   這一帶連二手樓盤都很搶手。

3. dì duàn hǎo de fáng zi cháng cháng yòu guì yòu jiù
   地段好的房子常常又貴又舊。

4. xiāng gǎng de é wài yìn huā shuì zhǐ zhēn duì fēi yǒng jiǔ jū mín
   香港的額外印花稅只針對非永久居民。

5. qù nián yǐ lái nèi dì mǎi jiā jiàn jiàn jiǎn shǎo le
   去年以來內地買家漸漸減少了。

6. sān fáng de hù xíng bǐ liǎng fáng de shí yòng hěn duō
   三房的戶型比兩房的實用很多。

7. wǒ jì xī wàng fáng zi yǒu shān jǐng yòu xī wàng tā jiāo tōng
   我既希望房子有山景，又希望它交通
   biàn lì
   便利。

8. duì wǒ lái shuō fáng jiān de cǎi guāng zuì zhòng yào
   對我來說，房間的採光最重要。

zhè tào fáng zi de jiàn zhù miàn jī hé shí yòng miàn jī xiāng chà
9. 這套房子的建築面積和實用面積相差
tài dà le
太大了。

wǒ xiān kàn yi kàn fáng zi zài zuò jué dìng
10. 我先看一看房子再做決定。

七、請回答下列問題。

1. 在香港買房要付哪些税？
2. 香港的租房期限一般是多長時間？
3. 你覺得在香港買房划算還是租房划算？
4. 如果你是房東，希望找哪一類的租客？
5. 如果租客需要提前退租，可以如何與其協商？
6. 買房的首付有哪些選擇？
7. 找房產仲介進行房屋買賣，有哪些利弊？
8. 如果你是買家，最先考慮房源的什麼因素？
9. 你覺得買房月供與月薪的合理比例是多少？
10. 說說你的買房觀以及怎樣避免自己成為一個房奴。

八、延伸閱讀

無殼蝸牛奮鬥史

　　「買房難」從來都是大城市年輕人需要面對的一大難題。在香港，買房子從來都不是低收入家庭的遊戲。低收入的人只能住在公房或「籠屋」。不過，現時香港的按揭利率的確很低，一套 600 萬的房子，首付 3 成，每月還房貸大概為 16000 左右，與租房的支出差不多。所以能否買房的關鍵在於買家是否有能力支付首付、印花稅、律師費和佣金。

　　一般情況下，月收入超過五萬的家庭，已屬於具備足夠能力買房的一群了。假設家庭積蓄有 60 萬，每月定期儲蓄 13000 到 17000 塊，按收入改變遞增，居住方面可選擇暫時與家人同住，如實在不行，可暫且租住新界一些租金較低的房子，約 10 年後即可存夠首付。不過，這段時間兩口子當然要作出一些犧牲，比如：減少進出高消費場所、多在家煮飯、少買奢侈品和減少旅行次數等。

　　其實在香港買樓真的很困難嗎？我和先生也是過來人，沒有家裡的支持，也不是高薪一族，28 歲結婚時仍在租房子，36 歲時已成為有房之人。本人正是靠著嚴謹的理財方針來晉身業主的。反觀身邊的一些朋友平日喜愛吃喝玩樂、遊戲人間，卻天天抱怨自己是月光族。這種人不懂節流也就算了，連上進心也缺乏，自然只能成為社會中的失敗者。

第十一課

零售服務

零售服務

≫ 背景 ≪

享有「購物天堂」美譽的香港，每年都有非常多的外國遊客
來這裡購物。零售業扮演著非常重要的角色，是香港第二大
服務行業。香港的零售行業包括大型購物中心、百貨公司、
專賣店、超級市場、雜貨店、便利店、小商店以及街市等。
今天內地遊客張小姐走進了尖沙咀的周大福珠寶店。

≫ 對話 ≪　　🎧 11-00.mp3

　　　　nín hǎo　　huān yíng guāng lín　　qǐng wèn yǒu shén me kě
售貨員： 您 好 ， 歡 迎 光 臨 ， 請 問 有 什 麼 可

　　　　yǐ bāng dào nín
以 幫 到 您 ？

　　　　nǐ hǎo　　wǒ xiǎng xiān kàn yí xià　　xiè xie
張小姐： 你 好 ， 我 想 先 看 一 下 ， 謝 謝 。

　　　　hǎo de　　rú guǒ nín yǒu shén me xū yào de　　wǒ kě yǐ
售貨員： 好 的 ， 如 果 您 有 什 麼 需 要 的 ， 我 可 以

　　　　gěi nín jiè shào yí xià
給 您 介 紹 一 下 。

　　　　qǐng wèn jīn tiān de huáng jīn jià gé shì duō shao
張小姐： 請 問 今 天 的 黃 金 價 格 是 多 少 ？

　　　　jīn tiān huáng jīn de mǎi rù jià shì　　　　měi yuán yí àng
售貨員： 今 天 黃 金 的 買 入 價 是 1222 美 元 一 盎

　　　　sī
司 。

張小姐：一盎司是多少克？

售貨員：一盎司大概是28.35克。

張小姐：哦，好的，明白了，謝謝。我想看一下這個手鐲，可以嗎？

售貨員：可以，請稍等，我幫您拿一下。這個手鐲是我們今年的新款，用999.9黃金打造，重量約0.54兩，也就是20.14克左右，這個手鐲以如意鎖為設計理念，願佩戴者能夠鎖住幸福，與喜樂如意常在，而且這款手鐲款式新穎，非常適合年輕人配戴。

張小姐：嗯，確實挺漂亮的，這個手鐲多少錢？

售貨員： 我 幫 您 算 一 下，一 共 是 12600 港 幣 。

請 問 您 有 香 港 中 國 銀 行 的 信 用
卡 嗎 ？ 我 們 現 在 正 在 搞 活 動 ，如 果
您 有 香 港 中 國銀 行 的 信 用 卡 的 話 ，
可 以 打 九 折 ，您 只 需 給 11340 港 幣 。

張小姐： 哎 呀 ，我 沒 有 那 個 銀 行 的 信 用 卡 ，請
問 可 以 刷 內 地 的 銀 聯 卡 嗎 ？

售貨員： 當 然 可 以 。

張小姐： 那 銀 聯 卡 可 以 有 折 扣 嗎 ？

售貨員： 不 好 意 思 ，銀 聯 卡 我 們 這 邊 暫 時 沒 有
折 扣 。

張小姐： 好 吧 ，沒 關 係 ，我 買 兩 個 手 鐲 ，一
共 多 少 錢 ？

售貨員： 謝謝，一共 25200 港幣， 收 您 銀 聯 卡，
（xiè xie　yí gòng　gǎng bì　shōu nín yín lián kǎ）

請 稍 等 。
（qǐng shāo děng）

張小姐： 好 的 ， 謝 謝 。
（hǎo de　xiè xie）

售貨員： 您 好 ， 這 是 帳 單 ， 請 您 核 對 一 下 。
（nín hǎo　zhè shì zhàng dān　qǐng nín hé duì yí xià）

張小姐： 好 的 ， 謝 謝 。
（hǎo de　xiè xie）

售貨員： 謝 謝 您 ， 歡 迎 您 再 次 光 臨 。
（xiè xie nín　huān yíng nín zài cì guāng lín）

一、語音知識：輕聲

在普通話中，有的字讀起來又輕又短，音節弱化，形成輕聲。
輕聲不標調號。一般來説，以下幾類詞語常常弱讀為輕聲：

1. 詞尾常發輕聲的如：

子： 兒子　　孫子
（ér zi）（sūn zi）

胖子　　瘦子
（pàng zi）（shòu zi）

們： 我 們　　咱 們
（wǒ men）（zán men）

女 士 們　先 生 們
（nǚ shì men）（xiān sheng men）

頭：
前頭 qián tou 　　後頭 hòu tou

枕頭 zhěn tou 　　舌頭 shé tou

2. 結構助詞發輕聲的如：

的：
你的 nǐ de 　　他的 tā de

熱的 rè de 　　冷的 lěng de

地：
飛快地 fēi kuài de 　　緩慢地 huǎn màn de

漸漸地 jiàn jiàn de 　　悄悄地 qiāo qiāo de

得：
看得見 kàn de jiàn 　　聽得清 tīng de qīng

記得住 jì de zhù 　　想得開 xiǎng de kāi

3. 時態助詞發輕聲的如：

著：
開著 kāi zhe 　　吃著 chī zhe

走著 zǒu zhe 　　拿著 ná zhe

了：
去了 qù le 　　來了 lái le

晚了 wǎn le 　　完了 wán le

過：
   tīng guo   jiàn guo
   聽 過   見 過

   qù guo   chī guo
   去 過   吃 過

4. 趨向補語發輕聲的如：

pá shang qu   xiǎng qi lai
爬 上 去   想 起 來

pǎo xia lai   zǒu jin lai
跑 下 來   走 進 來

5. 語氣助詞發輕聲的如：

ba   ne   ma
吧   呢   嗎

ya   a   wa
呀   啊   哇

6. 疊詞的第二個字發輕聲的如：

gē ge   jiě jie   shū shu
哥 哥   姐 姐   叔 叔

kàn kan   tīng ting   cháng chang
看 看   聽 聽   嚐 嚐

二、語音練習 11-02.mp3

1. 請朗讀下列詞組，並標出聲調（注意：輕聲不標調號）：

弟弟	妹妹	多少	謝謝
桌子	椅子	外頭	裡頭
長的	短的	跑了	丟了
玩兒過	上得去	下得來	好啊

2. 請朗讀下列詞組並圈出其中的輕聲字：

嘴巴	鼻子	耳朵	試試
老實	明白	多麼	講究
喜歡	知道	痛快	主意
舒服	生日	師傅	答應

三、容易讀錯的詞和字 11-03.mp3

cún zài 存在	——	quán zài 全在
sūn zi 孫子	——	xuān zhǐ 宣紙
zhǎn lǎn 展覽	——	jiǎn duàn 剪斷
jiū chán 糾纏	——	miàn qián 面前
shàn zi 扇子	——	qián xiàn 前線
shāo děng 稍等	——	shào nián 少年

shuā kǎ 刷卡	——	cā shì 擦拭
guāng lín 光臨	——	guān lǐ 觀禮
shǒu zhuó 手鐲	——	shǒu è 首惡
yín lián kǎ 銀聯卡	——	shān luán 山巒

四、普通話詞彙及知識點

1. 廣東話的「折墮」，普通話應説成「作孽」或「糟蹋東西」，
   也可以説成「墮落」。

   例如：（廣東話）你掉咁多好嘢，咁折墮！

   （普通話）你把那麼多好東西都扔了，真會糟蹋東西！

2. 廣東話的「肉赤」，普通話應説成「心疼」或「割肉」。

   例如：（廣東話）我買咗嗰呢個名牌袋，成三萬蚊，依家好肉赤。

   （普通話）我買了這個名牌包包，三萬塊錢，現在覺得有點兒心疼。

3. 廣東話的「心水」，普通話應説成「喜歡的」。

   例如：（廣東話）我哋行咗咁耐，你有乜心水？

   （普通話）我們逛了半天，你有沒有什麼東西是喜歡的？

4. 廣東話的「大減價」和「大特賣」，普通話應説成「大減價」和「大甩賣」。

例如：（廣東話）今日 SOGO 大特賣，你去唔去睇？

（普通話）今天 SOGO 大甩賣，你去不去看看？

5. 廣東話的「慳錢」，普通話應分別説成「省錢」。

例如：（廣東話）買咗咁多嘢，我想慳 D 錢，唔好食咁貴嘍！

（普通話）買了那麼多東西，我想省點兒錢，別吃那麼貴的吧！

五、小笑話 11-05.mp3

甲：你覺得「母乳」教學，好不好？

乙：母乳當然好啦！我就是吃人奶長大的。

甲：我不是説吃的那個「母乳」，我是説用來教語文的「母乳」。

乙：哦，原來你是説母語教學，對不對？

甲：對！

六、請聽錄音，然後朗讀下列句子。  11-06.mp3

jīn tiān de jīn jià zhǎng le hái shi diē le
1. 今天的金價漲了還是跌了？

zài xiāng gǎng mǎi huà zhuāng pǐn bǐ zài nèi dì mǎi huá suàn
2. 在香港買化妝品比在內地買划算。

3. 無論是自用還是送人，都非常合適。

4. 一共折合人民幣5608，我用銀聯卡付款吧。

5. 我只有1000塊港幣的鈔票了。

6. 能不能給我打個折？

7. 如果搞活動的話，我就買兩雙鞋。

8. 收您現金500，找您35。

9. 這顆鑽石性價比是最高的。

10. 請您核對一下帳單，然後簽字。

七、請回答下列問題。

1. 香港作為購物天堂，有哪些優勢？

2. 你看重折扣力度還是款式新穎？

3. 你喜歡網上購物還是在實體店購物，為什麼？

4. 高檔商場一般有哪些配套設施？

5. 如何處理積壓商品？

6. 可以從哪幾個方面推銷黃金產品？

7. 請說說香港零售業的消費主體有哪些？

8. 近年來香港的消費總額不斷下跌，你認為有哪些原因？
9. 目前香港零售業品牌趨同，你覺得是什麼原因造成的？
10. 請分析一下奢侈品牌的盈利模式。

八、延伸閱讀

零售業面對的挑戰

最近，內地某大地產開發商的首席執行官透露，內地商業地產正受電商衝擊，因此集團將會調低旗下商場的零售面積，而空出來的地方將改建成寫字樓。

與此同時，國際評級機構標準普爾維持對內地百貨業的負面評級展望。其中一位分析員指出，內地百貨業希望透過收購加大銷售網絡，以打破地域限制，但收購亦會令公司的流動資金受壓，並且舉債更加困難。標準普爾預計，內地百貨的同店銷售將會輕微下跌至單位數增長，基於整體零售市場疲弱，加上行業競爭激烈，經濟增長放緩亦影響消費意慾。

近兩年，互聯網對傳統商場帶來的衝擊不言而喻。於是，打造生活中心、提升顧客體驗度，成為了香港及內地傳統商場變陣佈局的求生之道。如今，一種新的零售模式正在內地及香港興起，那就是藝術購物中心。大家可以去 K11、IFC、海港城等商場去體驗一下，變陣後的商場如何為顧客提供一種全新的視覺、味覺及觸覺上的感受吧。

第十二課

旅遊服務

旅遊服務

》 背景 《

作為「亞洲國際都會」，香港匯聚了中西古今的不同文化特
色。香港每年都接待成千上萬來自世界各地的遊客。據香港
政府網站的統計，2016 年的訪港旅客有 5665 萬人次，2016
年的酒店平均入住率為 84%，旅遊業是香港主要的經濟支柱
之一。今天內地商人張女士給香港半島酒店打電話預訂房間。

》 對話 《　　　　12-00.mp3

接線員：
nín hǎo　　zhè lǐ shì bàn dǎo jiǔ diàn　　qǐng wèn yǒu shén
您 好 ， 這 裡 是 半 島 酒 店 ， 請 問 有 什

me kě yǐ bāng dào nín
麼 可 以 幫 到 您 ？

張女士：
nǐ hǎo　　wǒ xiǎng yùdìng yì jiān shāng wù tào fáng
你 好 ， 我 想 預 訂 一 間 商 務 套 房 ， 11

yuè　　hào rù zhù　　xiè xie
月 20 號 入 住 ， 謝 謝 。

接線員：
hǎo de　　qǐng shāo děng　　wǒ bāng nín chá yí xià
好 的 ， 請 稍 等 ， 我 幫 您 查 一 下 。

nǚ shì　　nín hǎo　　bù hǎo yì si　　yuè　　hào wǎn
女 士 ， 您 好 ， 不 好 意 思 ， 11 月 20 號 晚

shang de shāng wù tào fáng dōu bèi yù dìng le　　qǐng wèn
上 的 商 務 套 房 都 被 預 訂 了 ， 請 問

nín shì fǒu huì kǎo lǜ yí xià bié de fáng xíng
您 是 否 會 考 慮 一 下 別 的 房 型 ？

張女士： hái yǒu shén me fáng jiān
還 有 什 麼 房 間 ？

接線員： wǒ men hái yǒu háo huá kè fáng　gāo jí kè fáng yǐ jí
我 們 還 有 豪 華 客 房 ， 高 級 客 房 以 及
xíng zhèng tào fáng
行 政 套 房 。

張女士： qǐng wèn xíng zhèng tào fáng duō shao qián yì wǎn
請 問 行 政 套 房 多 少 錢 一 晚 ？

接線員： xíng zhèng tào fáng de huà dà gài　gǎng bì yì wǎn
行 政 套 房 的 話 大 概 5000 港 幣 一 晚 ，
bù bāo hán zǎo cān　rú guǒ nín xū yào zǎo cān de huà
不 包 含 早 餐 ， 如 果 您 需 要 早 餐 的 話 ，
kě yǐ lìng jiā　kuài
可 以 另 加 200 塊 。

張女士： hǎo de　méi wèn tí　nà wǒ jiù dìng xíng zhèng tào fáng
好 的 ， 沒 問 題 ， 那 我 就 訂 行 政 套 房
ba　lìng jiā yì rén de zǎo cān　xiè xie
吧 ， 另 加 一 人 的 早 餐 ， 謝 謝 。

接線員： hǎo de　nǚ shì　qǐng shāo děng　qǐng wèn nín de xìng
好 的 ， 女 士 ， 請 稍 等 。 請 問 您 的 姓
míng yǐ jí diàn huà hào mǎ shì shén me
名 以 及 電 話 號 碼 是 什 麼 ？

張女士： hǎo de　xìng shì　míng zi shì
好 的 ， 姓 是 zhang ， z-h-a-n-g ， 名 字 是
diàn huà shì
ming ， m-i-n-g ， 電 話 是 13912345678 。

旅遊服務

接線員： 好的，女士，和您核對一下，您預定
的是 11 月 20 號的行政套房另加一人
的早餐，姓名是 zhang ming，電話是
13912345678，請問以上資訊是否正
確？

張女士： 沒問題。

接線員： 好的，女士，您的房間已經預定好
了，請問還有什麼可以幫到您的嗎？

張女士： 哦，請問你們酒店在機場有沒有接
機服務。

接線員： 有的，我們酒店在機場有 24 小時的
接機服務，您可以在機場的 22 號出口
處找到我們酒店的機場巴士。

張女士： 好的，謝謝。

接線員：
bú kè qi　　gǎn xiè nín de yù dìng　　rú guǒ nín yǒu rèn
不 客 氣 ，感 謝 您 的 預 訂 ，如 果 您 有 任

hé zī xún　　kě yǐ bō dǎ wǒ men　　xiǎo shí de rè xiàn
何 諮 詢 ，可 以 撥 打 我 們 24 小 時 的 熱 線

diàn huà
電　話 23336888 。

張女士：
hǎo de　　xiè xie
好 的 ，謝 謝 。

接線員：
bú kè qi　　hěn gāo xìng wèi nín fú wù　　zài jiàn
不 客 氣 ，很 高 興 為 您 服 務 ，再 見 。

一、語音知識：兒話韻

在普通話發音裡，有些字的韻母後邊會加上一個捲舌音「er」，我們稱之為兒化韻。《漢語拼音方案》規定在韻母後直接標識「r」表示兒化，漢字則寫作「兒」。比如説「花兒」的音節寫成「huār」，「一會兒」的音節寫成「yíhuìr」。

在不同場合，兒化韻的功用也不同，有時它可區分詞性和詞義，有時它可區別語氣和感情色彩：

1.　兒化韻用於區分詞性：

畫（動詞）huà　　　　畫兒（名詞）huàr

包（動詞）bāo　　　　包兒（名詞）bāor

彎（形容詞）wān　　　彎兒（名詞）wānr

2. 兒化韻用於區分詞義：
   這（此）zhè   這兒（這裡）zhèr
   那（彼）nà   那兒（那裡）nàr
   哪（疑問代詞）nǎ   哪兒（哪裡）nǎr

3. 兒化韻表示小的、親切的感情色彩：
   小孩兒 xiǎoháir
   小貓兒 xiǎomāor
   瓜子兒 guāzǐr

4. 兒化韻表示少的、輕鬆的語氣：
   一點兒 yìdiǎnr
   一會兒 yíhuìr
   一下兒 yíxiàr

二、語音練習 🎧 12-02.mp3

1. 請朗讀下列詞組，並寫出兒化韻的音節。
   號碼兒 _____
   照片兒 _____
   水墨畫兒 _____
   聊天兒 _____
   高跟兒鞋 _____
   玩意兒 _____

2. 請朗讀下列音節並寫出它們的漢字。

Zhǔjuér _____

Gēmenr _____

Cháguǎnr _____

Ménfèngr _____

Yíkuàir _____

Hǎowánr _____

三、容易讀錯的詞和字 12-03.mp3

zhèng hǎo 正 好	——	níng jìng 寧 靜
míng chēng 名 稱	——	miàn qīng 面 青
shēng yīn 聲 音	——	xīng xing 星 星
lín jū 鄰 居	——	lún chuán 輪 船
qǐng jìn 請 進	——	zhǔn què 準 確
jiǔ diàn 酒 店	——	zǒu dòng 走 動
dìng fáng jiān 訂 房 間	——	diān liang 掂 量
tào fáng 套 房	——	tù zi 兔 子

旅遊服務

| kǎo lù
考 慮 | —— | yǎn lèi
眼 淚 |

| dǎ zhé
打 折 | —— | dǎ jié
打 劫 |

四、普通話詞彙及知識點

1. 廣東話的「得戚」，普通話應説成「得意洋洋」。
   例如：（廣東話）唔使咁得戚。
   （普通話）別那麼得意洋洋的。

2. 廣東話的「打大赤肋」，普通話應説成「光著（大）膀子」。
   例如：（廣東話）唔好打大赤肋咁出去啊，著返件衫啦！
   （普通話）別光著膀子出去啊，穿件衣服吧！

3. 廣東話的「憨居」，普通話應説成「呆」、「傻」或「笨」。
   例如：（廣東話）你都憨居嘅！
   （普通話）你真傻！

4. 廣東話的「特登」和「搵」，普通話應説成「特意」、「故意」和「找」。
   例如：（廣東話）我特登嚟搵你。
   （普通話）我特意來找你。

5. 廣東話的「咋咋帝」，普通話應分別説成「假裝」或「裝模作樣」。

例如：（廣東話）你唔好咋咋帝，扮睇唔到我。

（普通話）你別假裝沒看見我。

五、小笑話  12-05.mp3

甲：小夥子，你今年多大了？

乙：我今年「洗腳水」。

甲：什麼？「洗腳水」？你想洗洗腳？

乙：不是，我今年十 - 九 - 歲。

甲：哦，原來你今年十九歲。

六、請聽錄音，然後朗讀下列句子。  12-06.mp3

wǒ yòng jī fēn huàn le liǎng wǎn zhōu jì jiǔ diàn de shāng wù tào
fáng
1. 我 用 積 分 換 了 兩 晚 洲 際 酒 店 的 商 務 套 房 。

jiǔ diàn kě yǐ wèi nín tí gōng shōu fèi de jiē jī fú wù
2. 酒 店 可 以 為 您 提 供 收 費 的 接 機 服 務 。

wǒ xiǎng yù dìng jīn wǎn de zì zhù cān   sān ge rén
3. 我 想 預 定 今 晚 的 自 助 餐 ， 三 個 人 。

cóng zhèr dào jī chǎng chéng chē dà yuē sān shí fēn zhōng
4. 從 這 兒 到 機 場 乘 車 大 約 三 十 分 鐘 。

míng tiān wǒ men xiǎng qù shì qū yí rì yóu
5. 明 天 我 們 想 去 市 區 一 日 遊 。

6.
bào qiàn nǚ shì　　jīn wǎn kè mǎn le
抱 歉 女 士，今 晚 客 滿 了。

7.
qǐng bāng wǒ shēng jí yí xià fáng xíng
請 幫 我 升 級 一 下 房 型。

8.
wǎn cān hé jiǔ bā de xiāo fèi guà zài fáng jiān zhàng shang ba
晚 餐 和 酒 吧 的 消 費 掛 在 房 間 帳 上 吧。

9.
wǒ xū yào yì zhāng zhěng tǐ fā piào
我 需 要 一 張 整 體 發 票。

10.
yàn huì tīng zài èr lóu yòu shǒu biān
宴 會 廳 在 二 樓 右 手 邊。

七、請回答下列問題

1. 你知道哪些大的品牌連鎖酒店？

2. 選擇酒店時，你會優先考慮什麼因素？

3. 在香港和海外，如何預定酒店？

4. 折扣機票通常有哪些限制？

5. 購買機票時，你會優先考慮什麼因素？

6. 你喜歡自由行還是跟團旅遊，為什麼？

7. 節假日出遊有哪些利弊？

8. 選擇旅遊目的地時，你會優先考慮什麼因素？

9. 在旅行當地，你會選擇什麼交通方式（包車，租車，公共交通），為什麼？

10. 如果你在海外旅遊時把護照丟了，你會怎樣處理？

八、延伸閱讀

香港旅遊業的表現

　　近年，香港旅遊業受各種外圍因素影響，包括環球經濟放緩及鄰近旅遊目的地貨幣貶值，令區內競爭加劇，令本港旅遊業進入調整期。2016 年，來自世界各地的訪港旅客人次達 5670 萬，較 2015 年下跌 4.5%。

　　內地訪港旅客雖然減少 6.7%，內地仍然是香港最大的客源市場。2016 年，內地訪港旅客人次為 4280 萬，佔整體訪港旅客約 76%。為顧及香港個別地區的承受能力，加上吸引更多過夜旅客來港的發展方向，內地自 2015 年 4 月實施深圳居民「一周一行」的措施，令即日來回的內地旅客數字在預期之中回落 8.7%。同期的過夜旅客人次則下跌 3.5%。

　　然而，值得留意個別市場的訪港旅客數字在 2016 年有所回升。例如，非內地訪港旅客當中，短途地區市場的訪港旅客人次錄得 3.4% 升幅，達 920 萬人次，主要受惠於過夜旅客大幅增加 7.6%。長途地區市場的過夜旅客數字同樣上升 2.3%，至 470 萬人次。高消費的客群，包括過夜會展訪港旅客及郵輪乘客的出入境人次亦分別按年增長 10% 和 50%。2016 年，香港排名首十位的客源市場依次序為內地、台灣、韓國、美國、日本、澳門、菲律賓、新加坡、泰國和澳洲。他們共佔整體訪港旅客人數的 92%。

商務普通話
基礎篇

作者
程曉倩　靳劍　楊虹　楊煜

編輯
吳春暉

美術設計
陳玉菁

出版者
萬里機構‧萬里書店
香港鰂魚涌英皇道1065號東達中心1305室
電話：2564 7511
傳真：2565 5539
電郵：info@wanlibk.com
網址：http://www.wanlibk.com
　　　http://www.facebook.com/wanlibk

發行者
香港聯合書刊物流有限公司
香港新界大埔汀麗路36號
中華商務印刷大廈3字樓
電話：2150 2100
傳真：2407 3062
電郵：info@suplogistics.com.hk

承印者
中華商務彩色印刷有限公司
香港新界大埔汀麗路36號

出版日期
二零一七年十月第一次印刷

版權所有‧不准翻印
Copyright ©2017 Wan Li Book Co. Ltd.
Published in Hong Kong
ISBN 978-962-14-6543-6

萬里機構　　萬里 Facebook